O PREÇO DO PEIXE

O PREÇO DO PEIXE

Jayme Serva

1ª Edição
São Paulo - 2019

LARANJA ● ORIGINAL

Sumário

Aos que continuam
o que começamos.
Marina, Ana, Clara e Gabriel:
é com vocês.

Reconhecimento

Isto aqui não teria sido possível sem a contribuição valiosa, o carinho e a memória de muitas pessoas. Algumas muito próximas, outras, com quem não estive mais do que uma vez na vida. Em comum, identidade em seus diferentes tons. Agradeço especialmente a: Almino Álvares Affonso, Álvaro Fernando, Ana Álvares Affonso Serva, Ana Amélia Inoue, Ângela de Lima Fontana, Anna Beatriz Ayroza Galvão, Antenor Bernardi (in memoriam), Armando do Valle Pereira (in memoriam), Caco Faria, Cândida Del Tedesco, Candido Botelho Bracher, Carlos José de Carvalho, Clóvis Bueno de Azevedo, Deyse Dias Leite, Dimitri Lee, Eduardo Mazzilli de Vassimon, Fábio Mozelli, Flávia Mariotto, Gil Soares Hungria (in memoriam), Glaúcia de Britto Álvares Affonso, Gustavo Dias Leite, Jayme Ribeiro Serva (in memoriam), João Luiz Musa, José Luiz Mendietta Filho, José Octávio Siqueira Cunha, Laura Breda de Figueiredo, Léa Van Steen, Leão Pinto Serva, Maddalena Stasi, Maria Anna do Valle Pereira, Maria Gaeta Quartin, Marina Álvares Affonso Serva, Patrícia Azevedo Noronha, Paulo Gomes Alves, Roberto Alfredo Pompéia, Ruth de Moraes Gaeta, Rylson Silva, Sérgio Luis Pompéia, Xico Costa.

Toda homenagem ao Contador Anônimo, aquele que nos entretém com os mais inusitados casos, apenas para que, no fim, lembremo-nos do caso e não nos lembremos mais dele.

Por fim, estas páginas não sairiam sem os queridos que fizeram de tudo para compensar meus esquecimentos, melhorar meus não esquecimentos, alertar e acolher. Filipe Moreau, Gabriel Mayor, Germana Zanettini: este livro é também de vocês.

Explicações necessárias

O Preço do Peixe vem da fascinação que sempre tive pela capacidade humana de contar histórias. Não falo das histórias de ficção nem das grandes histórias, aquelas que retratam ou protagonizam as mudanças do mundo. Tampouco falo das histórias da carochinha, dos contos de fada, da herança ficcional que a humanidade lega, cultiva e multiplica.

Falo de casos. Casos que já me chamavam a atenção na Fazenda Santo Antônio, município de Fernando Prestes, SP, onde passei minha infância. Casos que continuaram me intrigando depois que me mudei para São Paulo e, embora com novo sotaque, mantinham as mesmas características daqueles contados pelo seu Antenor, pelo japonês Bastião, pelo seu Germano de Freitas, pelo Vicente Doce: são sempre narrados como tendo acontecido com o próprio narrador ou com alguém próximo a ele; têm começo, meio e fim, embora mantenham uma diferença do texto literário típico: não vão necessariamente ser resolvidos pelo fim, sendo o sabor do meio muitas vezes suficiente para torná-los interessantes – o fato contado é um fim em si mesmo, ao contrário do que se dá na literatura ou nos textos de cunho moral, em que o fato é apenas um meio para se chegar a uma ou mais conclusões, ou ainda para se chegar a uma ou mais dúvidas.

Talvez por ser mais retraído, talvez por falta de inspiração ou talento na arte da conversa, sempre ouvi muito mais do que contei, principalmente (e eu diria que radicalmente) até os 14 ou 15 anos. Com isso, fui acumulando casos e casos na memória: alguns truncados; outros inteiros, mas sem autoria; outros, misturas de duas ou três histórias ou de dois ou três contadores. Era o Pinheirão ou o Zé Preto? Era o Jorge Eufrosino ou a Vovó Círia? Foi em Santa Adélia ou na Estrada das Boiadas? O infeliz morreu ou foi salvo a tempo?

Toda essa fragmentação, que acaba acontecendo principalmente porque nossa memória precisa ser cada vez mais seletiva, vai fazendo com que tal tradição oral menos nobre se vá perdendo (há as exceções, que acabam incorporadas ao repertório popular, não no espaço nobre dos contos de fadas, mas numa espécie de foyer, como nobres de bom sangue, mas poucas propriedades, contados mais em botecos do que no quarto dos herdeiros; é o caso de histórias como a do genro boêmio que joga o sapato da sogra pela porta do carro pensando que fosse um calçado esquecido durante a farra da noite anterior: virou conto popular, tão universalizável como os compilados pelos irmãos Grimm). Aqui e ali, os amigos comentam, recontam essas histórias, mas normalmente o tempo se encarrega de fazê-las se esvair, às vezes em duas ou três gerações, mas, de forma geral, em poucos anos.

Este opúsculo procura manter registro de historietas assim, contadas entre amigos. Não com a precisão e o rigor que se encontram em pesquisadores como os Grimm ou os nossos Câmara Cascudo, Sílvio Romero e Amadeu Amaral. Ao contrário. Os contos aqui são deliberadamente releituras. A caracterização de personagens, de locais, de trajes, muitas vezes de desfechos, busca o texto, mais que o registro. Ou melhor, busca o registro da deformação que ocorre a cada vez que um caso é contado – ele jamais é repetido, como se pode pensar à primeira vista. Cada caso contado é um caso contado, com digitais próprias. Assim, há grupos de seis pessoas que se tornam quatro, há famílias com membros a mais, há lugares cenografados, por assim dizer. Há, enfim, um floreio natural que procura, em primeiro lugar, ser fiel menos ao texto narrado e ouvido, e mais à tradição, que ordena que quem conte um conto aumente um ponto; e, em segundo lugar, a busca é transpor o que é contado com os recursos da boa fala para o mundo mais árido, por menos melódico e gestual, do tipo e da tinta sobre papel, tentando dar a essa transferência alguma graça. Ao registrar esses casos, pode-se incorrer mesmo em contar histórias já contadas. Há um caso concreto aqui que alguns até poderão considerar plágio. Nada disso. O fato de alguém já ter passado para o papel a mesma história não me impede de recontá-la, simplesmente porque não é a mesma história: a que ouvi – e ouvi da boca da personagem central – é outra. Foi dita em outro contexto, outro momento, outra distância temporal do caso em pauta, o que a carrega de novas verdades. É peixe fresco.

Vale acrescentar que estabeleci um critério rigoroso para esta seleção. Todas as histórias contadas adiante são no máximo de terceira geração, dois graus de separação, isto é: quando uma história não aconteceu diretamente com quem a contou a mim, aconteceu com alguém que a narrou diretamente à pessoa que me contou, e sempre com a identificação desse alguém. Dessa forma, minimiza-se o risco de narrar uma lenda urbana, como a dos sapatos da sogra, acreditando ser um caso realmente vivido.

Em suma, o que pretendo aqui é vender o peixe pelo preço que o comprei. Ou por umas moedinhas a mais.

Homem

Quem mandava ali? Quem era o homem da casa? Ele, é claro. Quem decidia e decidiria os destinos da família? Ele, é claro. Foi isso que o fez responder com firmeza ao homem do cartório: "Adélio!", assim, bem exclamado. Adélio era o nome que ele tinha escolhido para seu filho, e Adélio o menino se chamaria. "Sim, com acento no e."

O notário foi preenchendo a certidão com letra caprichada, enquanto ele olhava com ar de vitória aquele documento que atestava não só o nascimento de seu filho, como seu comando sobre os rumos da casa. Afinal, como é que sua mulher, ouvindo a mãe e a irmã, atrevia-se a vetar o nome que ele tinha escolhido para o primogênito? Como ainda ousavam lhe impor um mero e simples João? João coisa nenhuma, agora estava lá, oficial, carimbado, selado e certificado: Adélio.

Voltou para casa seguro de ser o verdadeiro chefe da família. Mal entrou, a mulher perguntou: "Fez o registro?". Sentiu um leve arrepio antes de responder: "Fiz sim, ora, não fui lá para isso?".

Mais um primeiro dia de aula. Depois que a última criança se sentou, com a mesma tensão no rosto que a maioria dos colegas da sala exibia, a professora anunciou que faria a chamada e que, após dizer o nome, o aluno mencionado deveria responder "presente". Coisa de outros tempos, em que pré-escola era luxo raro, começava-se a vida escolar como ali, no primeiro ano do primário.

A professora fez uma pausa, olhou devagar a turma sentada em silêncio e começou: "Adélio". Nada. Repetiu: "Adélio". Silêncio. "Puxa vida, logo o primeiro da lista resolveu faltar." Continuou a chamada, ouvindo "presente" após cada nome anunciado. Notou apenas que um dos alunos não tinha respondido.

– Você – chamou com cuidado, havia percebido alguma tensão no garoto – por quê não respondeu à chamada?

– A senhora não me chamou.

– Como é seu nome?

– João.

Ela passou o indicador pela lista que, diferente de todos os anos anteriores, não tinha nenhum João, ia de Jarbas direto para Joaquim. O pequeno ainda deu o sobrenome, tentando ajudar. A professora releu nome a nome e algo lhe chamou a atenção. "Engraçado, seu sobrenome é o mesmo do Adélio, o que faltou."

Não foi fácil para o pai explicar, depois de sete anos, que tinha tomado uma decisão diferente daquela que havia combinado em casa. Sofreu um mês de abstinência sexual e – castigo pior – viu espalhar-se sua pusilanimidade à boca pequena, primeiro entre a família e, dali, a toda a pequena cidade.

"Vote Adélio", gritava o cartaz ali na praça. O sobrinho pequeno perguntou: "Tio João, por que tem aquele nome embaixo do seu retrato?".

Esperanto

Havia um tempo em que, para uma mulher casada viajar sozinha, era preciso mais do que um passaporte e uma passagem. Muitos maridos costumavam esperar até que as esposas chegassem aos 60 para, então, deixá-las sair pelo mundo. Ainda assim, a presença de uma amiga, se possível também sexagenária, era sempre bem-vinda.

Quando o Constellation da Real Aerovias pousou, um disfarçado alívio foi seguido de um alegre falatório entre as famílias que esperavam seus alegres viajantes de volta à terra pátria. Era um tempo em que poucos podiam dar aos seus o luxo de uma viagem à Europa, portanto, os que esperavam se conheciam, fazendo do saguão do aeroporto uma animada reunião social.

Malas e malas e mais malas: pelo volume da bagagem, as duas amigas haviam se divertido muito. Alegres, reencontraram os maridos, nem tão alegres, pelo custo que aquela chegada parecia trazer, mas com o alívio de que a gestão da casa, dos filhos, dos genros e dos netos deveria voltar ao normal.

Os dois casais se despediram à saída, com direito a diversos combinados de reuniões futuras promovidas pelas duas, mais do que nunca, eternas amigas.

Casa, finalmente. Depois de tudo guardado, ou quase, apenas os presentes na sala, ele, gentil, pergunta:

– E então, meu amor, como foi tudo por lá?

Ao que ela se põe a contar Roma, detalhe por detalhe, até que, uns vinte minutos depois, faz uma pausa e, então, continua:

– Bom, e teve aquele rapaz no hotel, sabe?, eu pedi um chá, já perto da hora de irmos dormir, então bateram à porta, e, quando eu abri, era um rapagão alto, aquele tipo bem italiano, nariz proeminente, e, imagine, com um sorriso amigável, olhou para mim, que estava de camisola (era hora de dormir, não era?) e era uma daquelas camisolas um pouco mais curtas, você sabe que eu não gosto nem muito comprida nem muito curta, mas um pouco acima do joelho, só um pouco, e não é que o rapaz olhou justamente para a barra da minha camisola e, antes de servir o chá, com o sorriso amigável, me disse "maquebelegambe", deixou o chá ali na mesinha e saiu, nem esperou que eu lhe desse uma gorjetinha, imagine, e eu estranhando aquilo, tão simpático o rapaz, e então a Marina saiu do banho, ela entende um pouco de italiano, e eu perguntei: "o que será que o simpático rapaz quis me dizer, Marina; ele, antes de pôr o chá na mesa, me disse 'maquebelegambe' e depois foi embora, nem quis gorjeta, sempre rindo, o que ele quis dizer?", e ela então me contou, veja só!

Pausa.

– Imagine que era "Ma che belle gambe" o que ele tinha dito!

– E?

– E isso em italiano quer dizer "Mas que belas pernas!". Eu imediatamente liguei lá para baixo, claro.

– E chamou o gerente, claro.

– Chamei, ora se chamei! Perguntei o nome do camareiro e pedi que eles subissem lá na mesma hora.

– Muito bem!

– E, dois minutos depois, estavam lá o rapaz e o gerente.

– E você?

– Eu dei 10 dólares ao rapaz e ainda mais 10 ao gerente.

– Mas como?

– Ora, querido, fazia pelo menos uns 30 anos que ninguém elogiava minhas pernas. Ainda em italiano, como é que eu podia não lhe dar uma gorjetinha?

– E o gerente?

– Ora, assim ele aprende...

Pessoalmente

Por pouco não perdeu o avião. Teria sido imperdoável. Afinal, ir a Porto Alegre a serviço de seu novo patrão, tão jovem e com tão pouco tempo de casa, era uma conquista que confirmava o talento que lhe atribuíam os amigos.

Segundos após a decolagem, ele já dormia o sono dos justos, que só foi terminar quando a gentil aeromoça o acordou para recitar o script sobre o encosto da poltrona na posição vertical. Do Salgado Filho, desistiu de ir primeiro para o hotel, chegaria atrasado ao escritório do cliente. Achou que a pontualidade compensaria o ligeiro constrangimento de chegar à reunião com sua mala de viagem. Pensando melhor, seria até bom para sua imagem pessoal exibir a mala de rodinhas, passando aquela imagem de executivo globe-trotter.

O prédio era moderníssimo, um dos novos prédios de escritório, ali próximo ao rio Guaíba. Esperou não mais do que dois minutos pela simpática estagiária, que o recebeu com um aperto de mão e um sorriso. Quando entraram no elevador, notou que era um daqueles panorâmicos, que permitia ver a paisagem através de um janelão de vidro. Fez-se o inevitável silêncio, e, antes que um dos dois dissesse alguma coisa, o elevador parou no terceiro andar e um homem de terno e aparência de quarentão entrou. Mais silêncio, até que a estagiária, frente àquela paisagem mais exuberante a cada metro que subiam, perguntou:

– Você já conhecia o Guaíba?

– Só de nome. É um prazer conhecê-lo pessoalmente – respondeu rápido, apertando a mão do atônito passageiro, que não soube o que responder quando o jovem simpático emendou: – Meu pai tem uns amigos Guaíba, será que são seus parentes?

Aterro

Ainda terminavam os anos 50, e a cidade do Rio de Janeiro ia coroando seu esplendor. Estava em pleno andamento a obra que resultaria no Aterro do Flamengo, talvez a maior intervenção urbana já realizada em uma grande cidade desde que Haussmann redesenhara Paris.

Naqueles dias, o Aterro ainda não passava de um canteiro de obras, o morro de Santo Antônio sumindo e dando sua terra em sacrifício ao grande parque que ali surgiria. O governo da Guanabara já havia feito ali o que era um arremedo de caminho transitável, que abreviava o trajeto entre a praia de Botafogo e o centro da cidade.

Pois foi por ali que ela resolveu voltar para casa depois do casamento ao qual tinha ido como convidada, e com o sucesso de seu vestido quase branco, longo e bem-cortado, tinha se tornado coadjuvante. Ela já ia lá pelos quarenta, era ousadíssima para a época, não só por guiar sempre o próprio carro, mesmo de vestido longo, mas por todos os hábitos que tinha, desde o de trabalhar como um homem até o de namorar como poucas mulheres. Cortar caminho ao voltar para casa pilotando seu DKW-Vemag pelo ensaio de Aterro, já noite alta, não era nada demais para ela. A não ser pelo fato de que DKWs quebravam, e o dela resolveu quebrar bem no trecho mais afastado do caminho, ali de onde se viam os prédios da Praia do Flamengo quase como maquetes.

Desceu do carro e tentou manter a calma. O que fazer? Impossível alcançar os prédios atravessando o extenso e escuro canteiro de obras. O único jeito era seguir caminhando pela avenida provisória e mal iluminada em direção à Zona Sul e torcer para passar um carro – algo difícil àquela hora, perto da meia-noite. Decidida, começou a caminhada a passos largos, largos até demais para quem estava de longo quase branco e saltos altos. Achou melhor tirar os sapatos, deixá-los no DKW e seguir descalça.

Andou por tempo suficiente para não ver mais o carrinho, sumido na escuridão, quando viu duas figuras se aproximando. Parou. Estava sob um dos pouquíssimos postes de luz por ali, luz fraca e amarelada, mas luz. Os dois rapazes – pouco mais que meninos – chegaram mais perto. Era o que ela imaginava: o que aparentava ser mais velho, ou menos novo, visivelmente nervoso, mostrou um estilete e balbuciou: "Passe o dinheiro, todo o dinheiro!". Ela, depois de uma fração de segundo, desistiu de se assustar. Com toda a placidez, mirou o garoto, com seus olhos muito azuis, seu rosto empalidecido pelo pó compacto, o vestido branco e os pés descalços. Sorriu e, em voz pausada e grave, falou: "É a primeira vez que sou assaltada depois que eu morri". Sorriu, olhou fundo nos olhos agora arregaladíssimos do garoto e arrematou: "Aceita o abraço que vem do Além!". No tempo que levou para levantar os braços, os dois garotos já haviam sumido, apavorados, noite adentro.

Caminhou ainda uns bons quinze minutos, até que passou um carro com os faróis bem acesos e um motorista que não acreditava em fantasmas. Bonito, aliás.

Rigor

O médico deu um segundo de pausa entre pegar o telefone e discar. Era quase rotina, mas ainda gerava desconforto ter de cumprir aquela tarefa: contar à família que o ente querido estava realmente nas últimas. Aquele era mais um caso em que veria a gente mais próxima inconformada, apesar da idade do paciente e dos problemas que apresentava, incluindo um déficit no funcionamento dos rins típico de um caso sem mais jeito.

A filha mais velha desligou prometendo que estaria no hospital em meia hora. Chegou cinco minutos adiantada, acompanhada da irmã. Ambas já vinham se acostumando à ideia de que o pai estava em vias de partir. Mas, quando o jovem médico deu seu parecer, a racionalidade deu lugar à emoção. A mais velha começou a chorar baixinho, enquanto a mais nova, de olhos fechados balançava a cabeça em negação e murmurava que seu caçula não suportaria a perda do avô e que seria necessário trasladar tia Marieta. Quase juntas lembraram:

– Mamãe!

Passou menos de uma hora até que o marido da mais nova, com um contido mau humor pela interrupção no trabalho, aparecesse com a sogra velhinha. Depois de confabular com o médico, as filhas decidiram que caberia a elas contar à mãe o que se passava e a dura perspectiva daquela noite. Depois de acomodar a senhorinha pequena e franzina na poltrona menos desconfortável, começaram a introduzir o assunto. Falaram da gravidade da infecção, dos esforços inúteis dos médicos, que haviam tentado diversos tipos de antibiótico ao longo dos últimos quatro dias, sempre em vão, a febre inabalável, mencionaram a incapacidade de reação dos rins, comentaram que o pai já havia vivido bastante e pararia de sofrer, enfim, contaram tudo do jeito mais amaciado possível. Ao fim da exposição, a velhinha balançou a cabeça, com ar resignado. Depois de um minuto, disse que queria ver o marido. Era um pedido inegável, pensaram as filhas, apesar da aflição que causaria ver o homem todo cheio de tubos.

Corredor após corredor, seguiram em direção à UTI, num pequeno cortejo, que terminou ao lado do cubículo cheio de luzinhas piscando e dublando a pulsação fraca. A meia-luz do ambiente, a máscara e os tubos, a camisola esverdeada semiaberta, tudo aumentava a dramaticidade da situação. Foi quando o ar compungido da senhorinha se transformou radicalmente, e uma expressão de fúria tomou conta de seu rosto. Olhando diretamente para os olhos fechados do marido moribundo, disse, implacável:

– Olhe aqui: é a centésima, a milésima vez que eu tenho de lembrar você das coisas que você promete. Assim não é possível! Você disse no mês passado que não queria morrer numa UTI, todo entubado. Disse que hospital era para os outros, era uma barbaridade, e isso e aquilo e aquilo outro.

E agora, o quê? Você aí, parecendo um fantoche pendurado num monte de fios. Você não se enxerga? Não toma jeito?

E balançando a cabeça, saiu do cubículo e tomou firme o rumo da porta de saída pelo corredor da UTI. Já do lado de fora, virou-se para a filha mais velha, como quem continua uma conversa interrompida:

– Eu não sei mais o que faço com seu pai. Há cinquenta anos é a mesma coisa. Ele é um homem dedicado no trabalho, respeitado na comunidade, mas, se é com a família, sempre dá um jeito de deixar o que promete para daqui a pouco, para o dia seguinte. Aí eu sou obrigada a passar uma descompostura nele, às vezes na frente de outras pessoas, como hoje. E o que acontece? Ele, em vez de tentar mudar, se queixa do pito.

A mais velha amparou a mãe e ponderou que deveria descansar, ela e a irmã cuidariam de tudo depois de deixá-la em casa. Ela assentiu, não sem antes observar:

– Você vai ver. Ele ainda vai reclamar e dizer que eu sou mais rigorosa com ele do que com o resto do mundo. Cansa, viu?

As filhas acharam graça. Afinal, era a forma que a mãe tinha encontrado para se confortar. Logo o outro genro chegou para levá-la para casa. Seria melhor que o desgaste das últimas providências ficasse para as filhas, mais preparadas para aquela situação.

A noite foi de silêncio intercalado por murmúrios cochichados, como costumam ser as antessalas das UTIs. Só saíram dali quando a madrugada chegou e a completa falta de novidades permitiu.

O telefone celular alcançou a filha mais nova deixando o seu caçula na escola. Era a mais velha, dizendo que o médico queria vê-las ainda pela manhã e que preferia ter a conversa no hospital. Tudo parecia caminhar para o fim esperado.

Chegou antes da irmã, sempre menos prática, mesmo na escolha dos caminhos. Ele esperou a mais velha aparecer para conversar com as duas.

– Aconteceu algo muito fora do comum.

– O que foi, doutor? – perguntou a mais nova, antevendo providências.

– Não sei por onde começar, mas o pai de vocês...

– Oh, Deus! – deixou escapar a mais velha.

– O pai de vocês melhorou muito.

– Como é? – foi a pergunta em coro.

– É isso mesmo. É completamente inexplicável, é quase uma impossibilidade médica, mas o fato é que a febre baixou a menos de 37, a função renal está praticamente normal, e ele respira como um adolescente.

– Mas como?

– Não sei como.

Dois dias depois, ele já estava em casa. As filhas e os netos formavam um alegre cerco à cama do velho, logo controlado pela pequena senhora, que cuidou de tirá-los de lá assim que começaram a fazer barulho demais. Ela jurava que, já no dia seguinte, ele poderia almoçar sentado ou, no mínimo, vir tomar o chá na sala, o que então daria espaço para que todos ficassem em volta dele à vontade. Ademais, ele insistia em sair da cama.

Na sala, a mãe parecia mais aliviada, mas assim que se viu sozinha com as duas filhas, segredou sua aflição:

– Eu não disse? Ele agora não para mais de repetir que eu sou mais rigorosa com ele do que com os netos. Assim, ninguém aguenta.

As filhas concordaram. Quem haveria de negar?

Canem

Rottweiler é cão de luta. Forte, troncudo, olhar frio, é leal ao dono e implacável em sua defesa. Por ser de tradição militar, não é dado a atacar indiscriminadamente. Mas como saber quais são os critérios de um cão?

Ele era dono de três desses mascotes e estava uma tarde no jardim com o maior deles. Era um sábado de sol, e a brincadeira era jogar um bastão ao outro canto do gramado para o amigão trazê-lo de volta na boca, para então repetir a operação e repetir e repetir.

De repente, aparece, no alto do muro que dava para o vizinho do fundo, um gato. Um segundo depois, ele salta para o gramado, sem cerimônia. Nada pior, na visão de um rottweiler, do que alguém pulando o muro para dentro de sua área de influência. Sendo esse alguém um gato, é um ultraje imperdoável.

O cão avançou, um só rosnado curto, passo decidido, sem ouvir os pedidos de clemência de seu dono. O gato, a essa altura, estava crispado, congelado. Quando a fera chegou a dois palmos da presa imóvel, virou-se de lado, levantou a perna traseira e serenamente descarregou a bexiga no bichano.

Marcado o território, saiu em busca do bastão para recomeçar a repetitiva diversão. Afinal, era sábado à tarde. O gato, molhado e humilhado — mas vivo — foi como veio.

São os critérios de um cão.

Dentes

Doeu. Agora, tinha mesmo de ir ao dentista. Ligou, apenas para saber que o próximo horário disponível era dali a dois meses. Conseguiu cavar um encaixezinho, quinze minutos na disputada agenda. Tempo suficiente para ouvir que a dorzinha era só a ponta de um iceberg de descuido, cuja dimensão só poderia ser avaliada com um diagnóstico mais amplo, a começar por uma radiografia completa e uma moldagem das duas arcadas.

Saiu do consultório com uma guia que o encaminhava a uma clínica especializada em diagnóstico odontológico. No mesmo dia, lá estava ele. Era um casarão na Avenida Brasil onde certamente haviam morado vários quatrocentões desdentados e felizes.

Ali começou a quebra de seu sigilo bucal: raios-X das duas arcadas, dois a dois dentes. Sua dificuldade maior era a mal confessada gastrite, que parecia aumentar muito sua sensibilidade a objetos estranhos colocados na boca. Cada chapinha de filme colocada sob a língua ou junto ao palato o deixava no limite de uma golfada.

Terminada a sessão de radiografia, mudou de sala para a segunda parte: moldagem. Nada fácil o procedimento: uma massa finíssima é colocada em um molde, uma fôrma de metal em forma de ferradura que se encaixa na arcada com a massa ainda mole, e, assim que a massa endurece e é retirada, lá está, carimbado, o formato exato dos dentes.

A solícita e simpática técnica se aproximou com a forminha, e ele logo avisou:

– Eu tenho gastrite, eu enjoo muito fácil.

A moça, piedosa, enquanto aplicava uma primeira camada de massa geladinha em seus dentes, antes de colocar o molde, explicou:

– Eu tenho prática nisso, pode deixar.

O indicador com a luva plástica passeava por sua boca, enquanto ele tentava explicar:

– Oflha, eu flenho gasflifle.

– Pode deixar, eu tenho prática nisso.

– Maf gleu flenho...

– Eu sei, o senhor tem gastrite.

Bem.

Colocou a primeira fôrma na arcada superior. Com um dedo, a sustentou por uns segundos, enquanto tentava acalmar o tenso paciente.

– Tá tudo bem, né? Tá sentindo alguma coisa?

– Glflh.

– Viu? Daqui a pouquinho termina. Vai pro trabalho depois?

– Glhvlhh.

– Tá tudo bem, né?

– Glh.

– Sabe como eu faço com pessoas mais sensíveis como o senhor?

– Glh, glh.

– Eu ponho menas massa.

– Gl-gl-Bgloeaaaaarghhhhhhh! – Não deu para segurar. Fôrma, molde e sua última refeição foram todos parar no colo da solícita e aterrorizada enfermeira. Ele tinha tentado se conter, mas naquele momento, menas foi mais.

Na rua, voltou a dorzinha no dente. Só para lembrar que tudo aquilo era apenas o começo.

Presidente

Antes de dormir, enquanto escovava os dentes, olhou bem para seu rosto no espelho: a não ser pelo aparelho, já não era mais uma menina. Pura implicância da irmã mais velha chamá-la de "pequena" nos momentos carinhosos e "fedelha" em todos os outros. Um dia desses, ia conversar com a mãe sobre essa discriminação na hora de dormir: enquanto ela, que afinal já tinha 11 anos, não podia ir para a cama depois das 10 da noite, a irmã ia à hora que quisesse. Os 16 anos não justificavam a diferença.

Adorou quando entrou no quarto e a irmã já estava lá, abraçada ao travesseiro, com cara de sono, cara que se abriu num sorriso, logo acompanhado pelos braços, mais largos para sua caçula.

– Minha pequena, vem aqui me dar um beijo.

A mais nova bancou a difícil por dois segundos, depois se atirou no colo da irmã, sua referência inconfessável.

– Você sumiu hoje, nem veio pro almoço. Hm, se eu fosse a mamãe, eu obrigava você a almoçar aqui todo dia.

– Ora, pequena, quando você tiver o meu tamanho, você vai entender.

– Não vou, não. E para de me chamar de pequena. O que você fez hoje?

– Será que eu conto?

– Conta, conta, conta, conta...

– Tá bom, tá bom. Então deita, se cobre e apaga a luz do abajur.

Histórias e casos da irmã eram a única coisa que a fazia apagar a luz do quarto por completo na hora de dormir. A postos, esperou o começo.

– Hoje eu saí com aquele meu amigo novo.

– Seu namorado.

– Não, fedelha – sorriu, com um traço de malícia invisível no escuro –, meu amigo. Um amigo cheio de inspiração e sempre pronto a repartir um pouquinho da inspiração dele comigo, sabe?

– Sei!

– Não sabe nada, você é muito novinha para saber dessas coisas. Bom, a gente cabulou a última aula e saiu para passear meio sem rumo. Pegamos um ônibus, descemos lá do outro lado do rio, caminhamos um bocado, aí chegamos ali a um lugar que tem poucas casas e tem uns bosques no meio, uma coisa linda!

– Bosques? Como se chama o lugar?

– Chácara Flora. Mas não eram uns bosques comuns. Na verdade, a gente entrou em um bosque que era todo azul. Lindo. Aí a gente voltou a pé até não aguentar mais, depois pegamos mais um ônibus. Por isso é que eu estou tão cansada.

– E a inspiração?

– É por isso também.

Floresta azul. Ela passou a semana toda pensando naquela maravilha. Curiosidade misturada com uma imensa vontade de repetir a aventura da irmã, de provar que era capaz. Não resistiu a comentar com a melhor amiga. O comentário levou exatamente o tempo do recreio para se tornar um plano. Combinaram cabular a aula da segunda-feira e ir até a Chácara Flora. Não era longe dali, o motorista do ônibus saberia onde deixá-las.

Segunda-feira, ela chegou à escola com mochila e disposição reforçadas, depois do fim de semana tedioso no sítio da avó. Foi direto à amiga. Ficou um pouco desapontada quando ela lhe disse que não teria coragem. Afinal, tudo seria mais fácil junto com a outra, e elas já tinham combinado detalhe por detalhe. Mas fazer o quê?

Embora parecesse, não foi difícil passar pelo portão e ganhar a rua, exatamente na hora em que a confusão da entrada fizesse todo mundo, adultos inclusive, prestar atenção num só sentido do fluxo, deixando a contramão inteiramente a seu favor. Chegou à avenida onde desembocava a rua do colégio e, dali, ao ponto de ônibus, sem que ninguém a importunasse.

Agora era saber qual ônibus pegar. Deixou que dois passassem, enquanto tentava ler as plaquinhas com o trajeto, tarefa bastante difícil. Quando avistou o terceiro, perguntou a uma senhora gordota ao lado:

– Aquele é o que passa perto da Chácara Flora, não é?

– Ô, menina, não é não, era aquele outro que acabou de passar.

– Puxa, o que eu achei que fosse mesmo.

– Mas ele não demora, não.

Agradeceu, esperou mais uns quinze minutos até que o coletivo passasse e embarcou. Tinha andado de ônibus não mais do que três vezes, sempre pela mão da irmã, e sem que os pais soubessem. Mas sabia se virar. Logo perguntou ao cobrador como faria para descer perto da Chácara Flora, o que deixou o homem com ar preocupado.

– A menina mora por ali?

– Não, é uma tia minha, sabe?

– Tia, é? Pois tome cuidado, você vai ter de andar umas três quadras grandes até chegar lá.

– Pode deixar, estou acostumada.

Desceu no ponto que o cobrador atencioso mostrou, não sem antes deixá-la passar por baixo da roleta, o que a deixou agradecida, mas com um certo constrangimento, por seu tamanho e a consequente falta de jeito da operação. Naquele momento, sentiu um friozinho na barriga. Ela estava só em um lugar desconhecido. Percorreu com o olhar a calçada oposta até achar o ponto de ônibus do qual voltaria. Olhou o relógio, presente da avó como prêmio por ela ter se alfabetizado, quase seis anos antes, e que ela não tirava do pulso por nada. Oito e quinze. Teria de fazer toda a sua visita exploratória em mais ou menos três horas, para que desse tempo de pegar o ônibus de volta para a escola e chegar antes do sinal da saída. Respirou fundo e seguiu na direção indicada pelo cobrador.

Não demorou a chegar a uma rua que parecia uma fronteira entre duas cidades, uma real e a outra de cinema. Aquilo era a Chácara Flora, que, em certos trechos, se escondia atrás de muros altos e, em outros, se deixava ver. Andou um bocado até achar um lugar por onde pudesse entrar. Havia um homem que parecia vigiar a entrada, mas que não fez nada para se opor à sua passagem, ao contrário, fez-lhe um aceno de cabeça. Imaginou que, com a camiseta de um colégio conhecido e a mochila nas costas, passasse por uma habitante do lugar. Nem lhe ocorreu que seus onze anos não inspirariam nenhuma ameaça ao guarda.

Uma vez lá dentro, foi percorrendo as alamedas sossegadas, pisando o chão de pedrisco, olhando para as árvores frondosas, os jardins com gramados largos, uma fontezinha mais adiante, tudo muito bonito. Mas nada ali lembrava uma floresta azul. Ainda havia tempo e muitas curvas a dobrar. Numa delas, chegou a pensar que estava no rumo certo: um dos jardins parecia mesmo um pequeno bosque. Mas era menor do que a irmã havia descrito, não se passearia por ali por mais do que alguns segundos, além de ser necessário pular uma mureta baixa, algo nada difícil, mas um tanto atrevido. No mais, definitivamente, não era azul.

Mais duas quadras e umas tantas olhadas no relógio foram suficientes para que ela se desse conta de que nunca tinha passado tanto tempo sem que nenhum adulto soubesse onde ela estava. Sentia um certo fastio de tanta liberdade. Sentou-se à calçada para pensar no que fazer. Pegou a garrafa da mochila para tomar um gole d'água, mas ela estava morninha, o que a fez preferir a sede. Teve de admitir, estava cansada. Não viu o homem que se aproximava, por isso tomou um susto quando ele perguntou, com uma voz rouca:

– O que faz uma mocinha tão linda por aqui? – Ele percebeu o susto que causara e tentou tranquilizar a pequena. – Ora, não se assuste, não há por que se assustar neste canto do mundo.

De fato, foi susto o que ela sentiu na hora, mas isso logo deu lugar à incessante curiosidade daqueles seus dias de onze anos. O velho de fato era uma figura que não combinava com o lugar. Calçava sapatos de amarrar surrados, já sem os cadarços, meias brancas caídas, expondo as canelas muito magras, bermudas cáqui puídas, camisa branca de mangas curtas e largas, abotoada errado, o que aumentava a aparência de desleixo. Cabelos brancos desgrenhados, olhos saltados e um bigode igualmente branco completavam a fisionomia de mendigo de conto de fadas, o que acabou por enternecê-la.

– A mocinha está esperando por alguém? Sua mãe?

– Não, não, eu já estou indo embora.

– E será que não lhe posso oferecer um copo d'água? Uma limonada?

Ela então se deu conta de que ele apontava para o portão logo atrás dela, convidando-a a entrar. Novamente ficou apreensiva, novamente ele percebeu.

– Ora, a mocinha não tem o que temer, lembra? Não há por que se assustar neste canto do mundo. Pode me olhar como seu avô e aquela ali como sua avó.

Só então viu que havia uma senhora sentada em uma cadeira do terraço. Olhou com atenção para a casa: era realmente grande, combinando com o jeito de casa de cinema que aquelas ruas exibiam. A senhorinha com ar tímido fez-lhe um aceno de cabeça, o que, junto com a sede, a encorajou a aceitar o convite do estranho avô. Passou pelo portão e foi convidada a sentar-se em uma cadeira de cana-da-índia, ao lado da gentil senhora, que, em voz baixa e aparência serena, quis saber o seu nome. Ele, depois de entrar e voltar com dois copos de limonada, um para a senhora e um para a menina, observou:

– Bonito nome, refere-se a quem recebe o reconhecimento dos seus, ou mesmo do que é transcendente. Pois, mocinha premiada, conte-nos então o que a trouxe aqui à frente de nossa modesta residência.

Ela riu e resolveu contar:

– Eu vim procurar o bosque azul.

– É mesmo?

– É, minha irmã já viu, fica em algum lugar perto daqui.

– Pois eu moro há tantos anos nesta casa e ainda não vi. Vou ficar mais atento.

– Mas minha irmã viu.

– Bem, então diga a sua irmã que você não achou o bosque azul, mas achou algo mais interessante. Por exemplo... Um saci!

– Ah, ela não vai acreditar.

– E uma sequoia?

– O que é isso? Ah, aquelas árvores enormes... Não, ela sabe que não tem disso por aqui.

– Já sei, minha menina. Diga a ela que conheceu um homem muito importante.

– Quem?

– Diga a ela que conheceu um homem que foi presidente do Brasil.

– Quem?

– Eu.

Ela riu mais uma vez, a brincadeira estava ficando boa.

– Não se ria, pense bem, é uma boa história.

– Mas ela não vai acreditar.

– Já sei, espere um pouco.

Entrou na casa por alguns segundos e voltou com um bloco de papel em uma mão e uma grossa caneta tinteiro na outra. Sentou-se em sua cadeira de cana-da-índia e começou a escrever, enquanto a senhorinha, na cadeira ao lado, apenas observava, quieta.

– Como é mesmo o nome de sua irmã? E o de seu pai?

Ela respondeu, o sorriso já ganhando ares de alguma dúvida. Depois de encher a página, ele soprou o papel por alguns segundos para secar a tinta, dobrou-o com agilidade e colocou-o no envelope, fechando-o sem se esquecer de lamber a borda antes. Escreveu na parte externa o nome do pai da menina e deu-lhe a carta fechada, com um desafio:

– Dê-lhe a carta, ele vai saber fazer sua irmã acreditar no que você disser.

Ela achou aquilo curioso, pegou o envelope e olhou, então, o relógio, só para ver que já eram dez para as onze. Se não saísse naquele minuto, corria o risco de não chegar à escola a tempo. Disse um tchau rápido, extensivo ao casal, e saiu a passo largo.

Chegou pouco antes da campainha estridente e, mais uma vez, consegui se esgueirar na contramão. Quando a mãe chegou, encontrou a filha sorridente, do lado de dentro do portão, no mesmo lugar em que a esperava todos os dias.

Só a prudência pôde evitar que ela contasse tudo naquele mesmo dia à mesa do almoço. Na última hora, guardou a carta entre as pastas da escola e evitou o dilema que causaria sobre si mesma, se seria uma rematada irresponsável ou uma mitômana precoce. Preferiu continuar como a caçula querida. Ao menos por mais uns dias.

A amiga era toda curiosidade.

– Então você foi até lá? Você é louca, lelé!

– É, mas eu fui, voltei e ainda vi coisas que nem a minha irmã viu.

– O quê?

– Um homem velho e maluco. Imagine que ele mora numa casa que parece de filme, uma daquelas com colunas brancas e arredondadas. Ele e a mulher me convidaram para entrar. No fim, ele escreveu um bilhete para o meu pai e a minha irmã. Demorei uns dias para tomar coragem de mostrar a eles, mas ontem eu não aguentei e mostrei, bem na hora do jantar.

– E daí?

– Ele leu a carta, depois leu de novo e de novo.

– E depois?

– Ele ficou um tempo quieto, de olho meio arregalado, depois ficou muito bravo.

– Bravo com você?

– Não, bravo com o velhinho. Disse assim, alto: "Minha filha, se arrependimento matasse...". Bem, ele não terminou a frase, ele nunca termina essa frase. Balançou a cabeça, ficou quieto um tempo e depois continuou resmungando.

– Mas arrependimento do quê?

– Não sei, não entendi bem, ele emburrou e não quis continuar a conversa. Só falou mais umas coisas feias, sempre com a carta na mão. Aliás, você sabe o que é "renúncia"?

Eslávia

Ia bem a aula, como era mais comum lá no começo dos anos 1950. Naquela sala, que ficava no lado ensolarado de uma das escolas secundárias mais respeitadas de São Paulo – e era pública, acredite se quiser –, o professor dava sua geografia de outros tempos, que encantava justamente por ser, avant la lettre, multidisciplinar. Falava das bacias hidrográficas e temperava logo com os hábitos ribeirinhos. Descrevia o relevo da África Central e atiçava a imaginação de todos com os bichos da savana. Desenhava os movimentos dos ventos e logo vinha com uma fofoca do mistral.

Nesse dia, ele estava falando da Europa e de suas várias e diferentes regiões, o que era, para muitos alunos, uma revelação, algo comum nas aulas do velho professor, que, ao falar das terras, nunca deixava de falar das gentes sobre elas.

– Um dos povos de maior influência em toda a Europa é o formado pelos eslavos. Do Mar do Norte aos Bálcãs, da Europa Central aos Urais, em diversas regiões do velho continente nós encontramos povos eslavos.

Fazendo uma pausa, após um olhar panorâmico pela classe, completou, com um gesto largo:

– Aqui mesmo, vejam só: a nossa Marta é uma típica eslava.

Toda a classe olhou para a colega, agora sorridente. Tempo apenas suficiente para que, lá do fundo, se ouvisse o joãozinho de plantão sentenciar:

– Puxa vida! E eu estava de malas prontas para a Eslávia...

As gargalhadas lembraram ao velho professor mais um ou dois ossos de seu ofício.

Second nature

Bem antes da popularização de Orlando e de Canal Street, no tempo em que se fazia escala em Dacar para pousar em Paris e as senhoras de boa família falavam francês, ela encerrava uma temporada em Nova York. Senhora da melhor sociedade paulistana, quase avó, resolve ir a uma das boas lojas da cidade para comprar os últimos presentes.

Quando o vendedor se aproxima com seu "may I help you", ela devolve o que sabe: ai-donts-pi-quinglish. Até aí, pouca novidade em lugar tão cosmopolita. Ela então continua:

– Por isso, vou falar beeeeeem deeeevaaaaagaaaaar.

Acompanha a frase com gestos muito precisos. O vendedor tenta não mudar de expressão.

– Eeeeeeeuuuuu... – Bate os dois indicadores no peito.

Ele arregala os olhos, tenta buscar algum significado naquilo.

– ... teeeeenhooooo...

Ele, paralisado.

– ... trêêêêssss...

Ela agita três dedos, isso ele entende. Três o que, meu Deus?

– ... gêêêêênnnnnnn-rroooss.

Geleia, mangueira, ele tenta buscar uma pista no que ela fala, montar um quebra-cabeça. Ela segue didaticamente ajudando com as mãos.

– Um é aaaaaallllll-tô.

Todo dedão?

– O outro, maaaisss-ooouuuu-mênos.

Camundongos-coruja-ameaça? Ela abaixa um pouco mais a mão, palma para baixo.

– E o outro, baaaaai-xiiiiiin-nhô.

Compre-lustro-bocejo. O que essa mulher quer?

Ela faz uma pausa, sorri e conclui, abrindo os braços com estilo:

– Cashmere para todos!

Na volta a São Paulo, o suéter do genro baixinho acabou ficando grande, e o marido nem chegou a notar sua fluência em inglês.

Metade

A vida naquela casa havia chegado a um ponto muito difícil. Note bem: ao qualificar como difícil um ponto na linha que representa uma vida, é preciso saber o percurso dessa linha. Se for uma linha reta, paralela ao chão e quase rente a ele, os pontos podem ser qualificados de difíceis, por exemplo, se esbarram o solo, mas a diferença para os pontos anteriores não é assim tão grande. A sensação da mudança é quase nada, um estorvo pouca coisa mais intenso, um remendo no que já é roto. Mas ali era diferente. A linha traçada pela vida do casal começava e caminhava, de fato, bem perto do teto, raspando o forro da casa que compõe esse cenário. Foi ali, triscando o estuque, bem acima dos cristais do lustre imaginário, que a linha da vida daqueles dois partiu para baixo. E não parou mais de seguir a descendente.

Naquele dia, quase esbarrava o assoalho: no sábado anterior, o marido havia, mais uma vez, perdido uma pequena fortuna no jogo. A última. Do patrimônio herdado da família – e que, até certo ponto da vida, ele havia até feito crescer – restava o que ele tinha naquela tarde na carteira: o suficiente para dois dias de bonde. Havia ainda algum mantimento na despensa, que a mulher administrava com o máximo zelo. Mesmo assim, duraria o quê? Uma semana? Dez dias? A linha imaginária se aproximava do chão, cujo nome, sem eufemismos, é fome.

O jantar, naquela noite, foi apenas ligeiro. Ela sabia dar ao que era falta um ar de certa intenção. Para que servir aquele bocado de carne que restava se à noite devemos comer pouco? Sobremesa tão perto da hora de dormir era pedir mau sono. Café, amanhã cedo – imagine só servir à noite! E assim foi-se dando mais aquele passo rumo ao inevitável. Dormir seria um alívio temporário – desde que conseguissem, os dois, conciliar o sono. Conseguiram. Com alguma agitação, mas conseguiram.

Ele acordou mais cedo

Ela chegou à copa um tanto desnorteada; ele já estava sentado à mesa, todo vestido, colarinho e gravata, acordado e ansioso por um café. Normalmente, era ela quem acordava mais cedo.

– Caiu da cama?

Ele hesitou antes de responder.

– Acho que podemos resolver nossos problemas.

– Que problemas? – perguntou ela, menos por não saber a que ele se referia, mais para tentar ganhar tempo para se compor.

– Mulher, vivemos um momento muito grave. Muito grave!

Ela mal escondeu o muxoxo ante a obviedade e a inutilidade daquela exclamação que ecoava. Ele seguiu:

– Mas vamos resolver isso hoje, e de uma vez por todas.

Ele tinha o olhar fixo e firme sobre os olhos dela, que estava paralisada; parecia um daqueles sonhos em que nos vemos de pijama num casamento, ela de camisola ante uma grande resolução. Balbucia apenas:

– Como?

– Tive uma revelação.

– Mas até ontem...

– Nesta noite.

– Você dormiu a noite toda!

– Sim. E então eu vi.

– Viu? Viu o quê?

– Mulher, eu vi. Eu estava caminhando por uma rua escura, não era Botafogo, era um lugar que eu não conseguia identificar. E aí chegou um homem velho e me puxou pela mão. Ele andava mais rápido que eu, quase tropecei no caminho, mas ele seguia sem cansaço quase correndo, e eu puxado pela mão dele. Às tantas, ele para e me aponta um lugar ao alto. Era a torre de uma igreja. Sobre a entrada, em vez do nome do santo ou da paróquia, há algo totalmente inesperado.

– O quê, criatura?

– Um número. Sobre a porta da igreja, estava entalhado um número. Quatro algarismos. Uma revelação. Quatro algarismos claríssimos. Eu acordei no meio da noite e os anotei. Você nem percebeu.

– Não, não percebi, mas...

– Querida, estamos salvos. Mas depende de você.

– De mim?

Ele então mudou o tom.

– Você guarda aquele dinheiro no açucareiro.

O coração dela disparou. O dinheiro do açucareiro era aquele que garantiria mais uns dez dias, doze, com muito otimismo, da alimentação dos dois. Passado o açucareiro, seria a mendicância.

– Não mexa nisso! – ela logo disse, mais alto que o normal.

– Mulher, não percebe? Eu tive uma revelação! Isso só acontece uma vez a cada mil anos! Eu sei quais são os números do milhar, e na ordem! Vamos ficar ricos.

Ela quis morrer. Mas respirou, pensou e respondeu:

– Olha, o açucareiro é tudo o que temos. É fora de questão.

Ele estava convencido.

– É seu e meu.

– É fora de questão, é o que paga mais um mês, ou menos, de alimento para nós.

– Mas é nosso. O açucareiro é nosso, meu e seu. Tenho direito de decidir o que fazemos com ele.

Ela cresceu na discussão, fez valer a condição de gestora do açucareiro.

– Você mal sabia que eu tinha guardado essas economias. Certo, vêm do seu trabalho, mas o que está aqui é o que eu protegi de você!

Ele não arredou pé.

– Sei o que estou fazendo. Se pusermos o açucareiro no bicho hoje, já, resolvemos nossa vida. Eu sei o que vi no sonho.

Ela deu uma última cartada.

– Só tem um jeito: você fica com metade do açucareiro. Mais, não dou.

Metade do açucareiro não pareceu tão ruim para um apostador que, até então, tinha apenas duas passagens de bonde. Ele levantou-se, encarou-a e estendeu a mão. Ela colocou em sua palma aberta nota por nota da metade do açucareiro. Ele saiu, ela se pôs a rezar.

Ele não voltou para casa na hora do almoço, o que era raro. Chegou só no fim do dia, e não se perguntaram além das poucas cotidianices. Dormiram agitados. Como sempre.

De novo acordou mais cedo. Mas sequer a esperou. Apenas deixou um bilhete: "Fui à cidade, volto para o almoço".

Não chegou para o almoço, o que não era bom sinal, mas ela tentou relevar essa reincidência tão rara. Colocou no forno o que tinha preparado, aquilo seria o jantar, e esperou, ocupando-se da casa, que já nem tanto trabalho dava.

Lá pelas quatro da tarde, o rangido inconfundível do portão. É ele. Entra devagar, olha para ela e coloca sobre a mesa da sala um embrulho. Coloca, não: joga, de forma a produzir algum barulho. Com um gesto de rosto, sugere que ela abra o pacote misterioso. Ela vacila, olha o papel pardo que envolve o volume, olha para ele, que assente. Ela, então, acha uma primeira ponta e puxa. O que descobre é uma sequência de maços de dinheiro, um atrás do outro.

O número do sonho tinha sido o ganhador do jogo do bicho daquela semana. O milhar completo tinha sido sorteado. Ele tinha acertado. Não só o número, como a vida.

Passeiam os dois ali pela rua 15 de Novembro e cercanias. Ele tinha adquirido certos hábitos. Um deles era o de passear com ela pela cidade, braços dados. Quanto ao hábito de jogar, havia abandonado por completo. Ao passarem em frente a uma vitrine vistosa, ela parou, encantada com um modelo bem-cortado exibido ali.

– Que vestido maravilhoso! Se eu pudesse ter um...

Ele, conformado, responde baixinho, quase um solilóquio:

– Se você tivesse me dado o açucareiro inteiro...

Casamento

Aquilo sim era uma dupla de criação. Experientes o suficiente para entregar um grande trabalho na agência, jovens o bastante para encarar todas as baladas fora dela. E juntos, porque quando uma dupla dá certo, continua dupla fora do escritório.

Um tinha carro, o outro andava a pé. Por isso, no fim das baladas, o diretor de arte levava o redator para casa. Um dia, a caminho de casa, o redator contou que decidira se casar. Foi aquela confraternização meio ébria, mas emocionada, com o carro em movimento e os postes se esquivando. Logo depois, o redator aponta:

– Vai ser naquela igreja.

Lá estava o templo majestoso, mais pelas duas ou três doses do que pela arquitetura. A partir daí, era todo dia:

– É aquela igreja.

– Eu sei, você já me contou.

– Você vai no meu casamento e vai sentar na frente, hem?

– Claro, claro.

Dias, baladas, semanas, o tempo passa a jato: chegou o dia do casamento. O diretor de arte enfeitou-se todo, terno, gravata, perfume e toca para a igreja.

Avenida; passa o primeiro viaduto, primeira à direita e lá está; não, lá não está a igreja. Caramba, era ali: avenida, viaduto, primeira à direita. Voltas no quarteirão, procura daqui, procura dali, nada. Dez para as sete. Cinco para as sete. Sete. Tudo bem, a noiva sempre atrasa. Sete e cinco. Ele muda o método de busca. Volta sistematicamente para a avenida e tenta começar o caminho do zero. Nada. Sete e dez. Avenida, viaduto, primeira à direita, segunda à direita, terceira à direita, sete e quinze. Suor no colarinho engomado. Cadê a igreja?

Quarta à direita, nada. De repente, o insight: um boteco na esquina. Para o carro, entra apressado, sete e vinte, dois frentistas no balcão olham estranho para o ser engravatado.

– Conhaque. Duplo.

Vira o copo de uma só vez, franze o rosto todo, devolve o copo vazio, deixa o troco para o balconista e volta para o carro. Sete e vinte e cinco.

Sete e vinte e sete, a igreja. Ele conseguiu chegar antes da noiva e acenar para o parceiro que, nervoso, esperava a doce amada.

Sentou ao lado de uma convidada, possível parente do amigo, que puxou assunto:

– Já conhecia a igreja?

– Sóbrio, ainda não.

E foram felizes para sempre.

Ver

Voltar da praia. Para quem mora em São Paulo, esse é um momento em que se põe em dúvida a ligação entre fim de semana e descansar. Voltar da praia sem estresse era tudo o que ele queria. Por isso, renunciou até a umas horas a mais com a família e saiu mais cedo.

Do lugar onde estava, tinha um quilômetro e meio de estrada a percorrer no sentido contrário para, então, fazer um retorno em nível. Retorno em nível é um daqueles balõezinhos na estrada, em que você entra à direita, toma um semicírculo que o leva a cruzar a pista, atravessa-a e percorre a outra metade, o segundo semicírculo, para, então, tornar à pista certa e seguir viagem.

Como naquela hora havia pouco movimento, feito o primeiro semicírculo, ele olhou rapidamente para os dois lados. Nenhum veículo. Pronto: entrou direto na estrada sem completar o balão. Engatou segunda, terceira, ia desembraiar para a quarta quando viu a figura junto à pista. Alto, mas não muito; não mais que três metros, três e dez no máximo. Casaco de couro, apesar dos 38 graus à sombra, quepe estilo "carabinero", e um braço que, ao sinalizar a ordem de parar, pareceu chegar até a faixa do meio do asfalto.

Prudente, obedeceu à ordem do guarda, parou, abriu o vidro e esperou.

– Documentos do veículo.

– B-bom dia – respondeu, apalpando o porta-luvas para, rápido e solícito, entregar a carteirinha de plástico.

– Habilitação.

– Minutinho... pronto. Meio velhinha, troco no ano que vem, o senhor sabe...

Sabia nada, ficou mudo, granito. Em severo silêncio, foi examinando os papéis e balançando a cabeça como se o documento revelasse os registros ocultos de suas contravenções passadas, um sinal vermelho aqui, um 140 por hora ali, a marcha a ré de duzentos metros do outro dia.

E pausa, muita pausa depois, ele falou, baixo e grave como é dos homens de três metros.

– O senhor fez o retorno irregularmente.

– Fiz, mas...

– O senhor não viu a placa no acostamento?

– Vi.

– O senhor não viu a sinalização de solo?

– Vi.

– O senhor não viu a placa no outro lado do balão?

– Vi.

– Se o senhor viu, por que virou direto?

– Porque eu não vi o senhor.

Acabou indo embora sem multa. O guarda sabia que o caminho de volta a São Paulo seria punição suficiente.

Proficiência

Foram ao cinema. Quatro amigos de longa data. A proposta tinha sido dela, a única mulher do grupo, e o grande encanto era o horário: sessão das 6, salinha de cinema da Joaquim Floriano, em plena sexta-feira. Provavelmente, fazia uma década que nenhum dos quatro saía do trabalho numa sexta-feira antes das oito da noite.

Era uma estreia, um filme de guerra cheio de nazistas e bombas e tiros. Um pouco mais pesado do que esperavam, mas nenhum dos três rapazes poderia admitir um eventual abalo emocional. Mal rodaram os letreiros finais e já se perguntavam onde seria o jantar. Havia uma casa próxima, especializada em bons hambúrgueres e bom chopp. Apenas ela hesitou, achou a associação do lugar com um filme alemão de guerra um pouco indigesta, mas acabou topando, com a habitual sabedoria feminina.

Sentaram à mesa já famintos e ainda excitados com a ideia do cinema em pleno horário de trabalho – e a economia do país não ter sentido o impacto disso. Alguém sugeriu que, fiéis ao estilo da casa, pedissem, além de chopp, steinhäger, o forte destilado alemão que parece ter sido feito só para anteceder chopps gelados. Ela preferiu uma coca-cola. Rapidamente, o mais afoito dos três rapazes acionou o garçom.

– Por favor, três chopps, uma coca-cola...

– Sim?

– ... e três steinhäger – puxou da garganta sua melhor pronúncia alemã.

– ?

– Três steinhäger. Shtáin-ê-ga.

– ?

– Shtain-êga, amigo, shhhtaaaiinnn-ê-ghhha. Não tem?

Incrível, uma casa daquelas, tão fina e cheia de chopp, como é que podia não ter steinhäger? Já iam colocar a questão em debate quando o amigo que havia ficado quieto até ali – e que, além de ter tido a ideia de ir àquele lugar, era o único na mesa que falava alemão, e bem – interveio e, delicadamente, esclareceu a coisa para o garçom:

– A gente quer três estanhégue.

– Ah, bom – entendeu o solícito rapaz, que, em minutos trouxe a coca-cola – garotas –, os chopps e três calicezinhos do destilado cristalino.

Tomaram o primeiro e mais forte gole, logo acompanhado do chopp apaziguador. Depois, o jantar, a conversa, as risadas premiaram aquela noite, simples e memorável. Apenas um dos rapazes, já quase na hora do cafezinho ainda matutava: "estanhégue" seria pronúncia da Renânia ou da Bavária?

Batalha

Acordou com dia claro, aproveitando aquela primeira noite dormida em sua cama depois de quase um mês sendo ninado pelo espocar de tiros e rajadas de metralhadoras. Ninguém na casa, as filhas deviam estar na escola; a mulher, na aula de inglês.

Preparou seu café da manhã com calma e sem muito capricho. Depois do primeiro gole de leite com nescafé – mania de infância lá do Brasil –, não pôde evitar um sorriso. Havia voltado ileso de uma empreitada de altíssimo risco: a cobertura in loco da renhida e sangrenta guerra da Bósnia-Herzegovina. Tinha sido, junto com outro brasileiro, um dos dois primeiros jornalistas latino-americanos a entrar em Sarajevo. Nunca – e observe-se que já havia coberto outras guerras –, nunca tinha visto nada tão intenso. A cultura não escrita dos correspondentes de guerra dá conta de que as batalhas se acirram ao amanhecer e no pôr do sol. Em Sarajevo, não. Era tiro, bomba, metralha o tempo todo, dia e noite, sem parar, estivessem sol e lua onde estivessem.

Mudara-se com a família para Londres pouco menos de dois anos antes, para assumir o cobiçado cargo de correspondente de um dos mais importantes jornais do país na terra de Sua Majestade. Ganhara, no jargão irônico dos jornalistas, uma embaixada. Na época, não imaginava que suas matérias de maior repercussão seriam relacionadas à guerra. Moçambique, Angola, Somália, Kuait, Iugoslávia – tinha estado nos fronts mais importantes dos anos 1990.

Xícara meio vazia na mão, passeou o olhar pela casa até parar na cadeira onde havia acomodado seu grande companheiro de batalha. Lá assentado, como um convidado especial, escarrapachava-se o leal amigo de todas as horas: o colete à prova de balas. Levantou-se, foi até ele e arrumou-lhe a posição. Quanto aquela armadura moderna tinha facilitado a sua vida de repórter. Já na chegada a Sarajevo, num carro dirigido por um rapaz nativo em frenético ziguezague, pudera perceber que escapar de balas era preocupação permanente por ali. Chegando ao hotel – o único que ainda funcionava com alguma estrutura na cidade deflagrada –, foi logo abordado por um sujeito esquisito que sem muitas delongas reforçou a ameaça das balas e expôs a solução: o colete. No volume, lembrava um pouco as roupas que os fotógrafos usam para carregar seus cacarecos, só que maior e não tinha bolsos. Exibia uma estampa daquelas de camuflagem que se vê em filmes de guerra antigos. Era pesado. Mas isso, curiosamente, trazia conforto, era como que a concretização da proteção. Daquele dia em diante, tirava o colete apenas para dormir e tomar banho.

Tomou um longo banho e preparou-se para o almoço. Um amigo recente, jornalista inglês, o havia convidado para almoçar, curioso com os fatos quentes da guerra, e ia apanhá-lo em casa. Quando chegou, o brasileiro, gentil, o convidou a entrar e conhecer sua casa. Ali mesmo começou o assunto tão esperado, as histórias da guerra. Não demorou a que o jovem correspondente mostrasse ao colega inglês seu grande troféu: o colete.

O já veterano companheiro pegou-o, apalpou, chacoalhou, como que a descobrir-lhe o peso, e afirmou:

– Muito bom...

– É, foi muito útil para mim.

– ... para proteger de tiros de calibre 38.

– Como?

– É, 45 já machuca bem.

– Mas em Sarajevo...

– É, Kalashnikov, não é? Essa atravessa o colete, o usuário e o colete de novo.

– Então?

– Ora, é um belo suvenir de qualquer jeito.

– É, belo suvenir...

Não reclamou quando voltou do almoço e percebeu que a mal-humorada faxineira havia tirado o colete do sofá e guardado no armário dos guarda-chuvas, ao lado da escada.

Dedicação

Quem vê um comercial de TV daqueles de trinta segundos não imagina o trabalho que dá. Normalmente, é um meio minuto que leva pelo menos uma semana para ficar pronto. Não raro, bem mais.

Num desses mais fáceis, a diretora do filme recebeu da agência a tarefa de mandar uma mensagem muito importante: uma fábrica de móveis dedicada ao segmento mais popular dava um ano inteiro de garantia em qualquer peça vendida durante a campanha.

Para contar isso bem contado, a tal fábrica resolveu mostrar o maior número possível de produtos naquele exíguo tempinho. Um ano de garantia, proeza difícil de igualar, era bom mostrar que a oferta valia para todo tipo de móvel oferecido. O anunciante queria exibir sua variedade de produtos e, com uma locução séria, reforçar tão corajosa garantia.

Como a quantidade de peças era enorme, a produtora do comercial decidiu usar uma praça ampla, numa área calma da Zona Oeste de São Paulo, como locação. Aquilo não caberia num estúdio. Ainda mais com um ano de garantia.

Filmagem rolando, a diretora vê que, de um sofá que não estava em cena e esperava tedioso a sua vez, saía uma fumacinha. Não, aquilo devia ser pura imaginação, dias quentes podem gerar esse tipo de miragem. Um ano de garantia. Esse era o espírito da coisa e o foco a se concentrar.

Um minuto depois, ela não resistiu e olhou de novo para o sofá. A fumaça durava mais do que o normal para um simples laivo de imaginação. Começava a ficar mais densa do que o esperado para uma troça da atmosfera em dia de sol. A diretora fixou o olhar, pegou no braço do assistente de produção que passava e pediu como quem se belisca em pesadelo:

– Não parece que aquele sofá preto imitando couro tá fumegando? Me arruma um copo d'água?

O garoto, duvidando do disparate, olhou para o sofá.

– Ih, é fumaça mesmo!

Correram todos até o estofado e, a tempo, conseguiram apagar a combustão espontânea, sem maiores danos ao andamento do trabalho. Não conseguiram evitar um buraco do tamanho de um prato grande nem a sentença final do eletricista:

– Um ano de garantia, sim. Mas na sombra, na sombra.

Foto

Era um fotógrafo experiente e apaixonado pelo ofício, mas a vida o havia levado à outra atividade profissional, tão mais rentável quanto enfadonha. Por isso, ficou encantado quando recebeu o telefonema de um conhecido produtor de gravadora multinacional.

– Tenho uma foto para você. Dinheiro pouco, mas é para fazer a capa do disco do R.

Havia anos que R. não lançava discos. Ele adorava o som de R. e adorava fotografar.

– Faço até com pagamento em guarani.

Negócio fechado, fez algum malabarismo para conseguir chegar, dias depois, à locação da foto, com assistente, equipamento, lentes e a mesma fluência de anos atrás. Uma vez lá, não demorou mais do que cinco minutos para se lembrar de tudo e comandar a cena. Começou puxando assunto com o astro, o ídolo veterano tantos anos longe da mídia. Achou engraçado: a cada pergunta, o pop star respondia com um sorriso. Concordava com tudo, falava pouquíssimo, e sempre sorrindo.

Vendo que a conversa não evoluiria, o fotógrafo começou a armar o set, fruindo cada segundo, concentrado e dedicado a produzir o melhor. Não conhecia a locação: era a sala de uma casa chique de um bairro muito chique. A graça do espaço era uma lareira. Num instante imaginou a imagem: o velho astro sentado placidamente em uma cadeira de espaldar alto, com ou sem um violão na mão, testaria as duas possibilidades, e, atrás dele, o fogo, fogo intenso obtido na foto como efeito de um tempo de exposição maior. O contraste entre a excitação da chama e a placidez do astro faria a alma da capa.

Insight digerido, começou a montar a cena, comandando sua produção. Lenha! Quem sabe fazer fogo? Cadeira. R., pode sentar. Tochas. Rebatedores. Posicionem a câmera. Não, depois eu faço sem tripé. Deu ordens, tomou decisões, logo armou o set para os primeiros cliques, o fogo mais intenso, o músico na cadeira ao lado, sorrindo.

Depois de meia hora – tempo recorde – tudo pronto. O músico na cadeira ao lado do fogo. Sorrindo. Estava chegando a hora do primeiro clique. Faltava a última afinada na luz. O fotógrafo, então, reclamou para si mesmo da intensidade do fogo – era uma fonte de luz fora de seu controle – e só então lembrou que, além de iluminar, aquilo devia estar quente. Bem quente. Olhou para o rosto sorridente do veterano pop star e observou:

– Me avise se estiver muito quente aí. Um fogo assim pode queimar suas costas.

– Já queimou – respondeu, alegre e com inabalável sorriso.

– Como?

– Já queimou.

No fim, a foto saiu bem, com o velho músico sorrindo e outra camisa no lugar da chamuscada. Os produtores evitaram maiores problemas com picrato de butesin e dois dedos de prosa. A amnésia do astro faria o resto.

O fotógrafo matou a saudade, ainda que por pouco tempo.

Outro

Os antigos chamavam o álcool etílico de "o espírito do vinho", mas houve tempo em que se poderia chamá-lo de "o espírito do Rio". Sem embargo do talento acumulado, da poesia que brotava, da revolução sob a epiderme pronta a rasgar, o álcool moveu uma ou duas gerações de inteligências e parece ter sido fator importante para a poesia, a música e a literatura que nasceram naquela cidade cercada de morros, matas e mar.

Um tanto à margem da produção cultural, mas no epicentro do consumo etílico, havia uma pequena multidão de jovens de classe média que fazia a alegria e o balanço azul de um punhado de bares, cuja lista era muito bem encabeçada pelo Antonio's, na rua Bartolomeu Mitre, a lenda desse tempo e que, depois de ter melancolicamente fechado as portas, havia sido transformado em uma lanchonete de estilo mexicano, como que a escancarar um sinal dos tempos.

Quase todo dia (melhor seria dizer quase todo dia seguinte), ele chegava em casa em frangalhos, trajando um sorriso fixo e rescendendo aos vapores do etanol. Numa dessas madrugadas, sua mulher – sim, ele tinha uma linda mulher de olhos azuis – o esperou acordada, vestida e atenta. Quando ele abriu a porta, as duas imagens que viu eram de uma deusa enfurecida. Curou o porre – ou o essencial dele – em pouco mais, pouco menos de dois segundos. Outros doze minutos passados vieram encontrá-lo no sofá, cabisbaixo e todo ouvidos.

– Tem razão, meu amor – repetiu esse grupo de quatro palavras umas oito vezes, enquanto ela desfiava todo o prontuário do marido relapso, do chefe de família sofrível, do vizinho barulhento, que ainda por cima a expunha às mais humilhantes piedades das vizinhas. Não se furtou a um par de lágrimas. Ao fim e ao cabo, ele também emocionado e, mais do que tudo, exausto, prometeu, quase soluçando:

– Meu amor, acredite: a partir de agora, eu sou um novo homem.

Desse dia em diante, o casal parecia ter voltado aos tempos de namorados. Já no dia seguinte, ele faltou ao trabalho apenas para ficar o dia inteiro com ela, à noite jantaram à luz de velas, foram a Búzios no fim de semana, voltaram só na segunda-feira à noite.

Na terça, ele pôs o paletó e a gravata, pronto a curar cicatrizes, agora com o chefe, e saiu, deixando-a com um sorriso de encanto que só as mulheres felizes sabem dar. Às quatro e meia da manhã, o sorriso já tinha ido embora, e, quando a porta se abriu, ela imediatamente foi até ali, apenas para ver o marido cambaleante sorrir encabulado.

– Seu crápula, você não me disse que era um novo homem?

Ele explicou, quase injustiçado:

– E sou, meu amor! É que o novo homem também bebe.

Cãibra

Nada como ter 16 anos. Em qualquer outra fase da vida, a mistura de medo e onipotência em proporções garrafais é desastrosa. Aos 16, é pura aventura.

Quatro desses seres medrosos e onipotentes participavam de uma festa na escola. Dezenas, centenas de alunos numa festividade esportiva passavam o dia a competir ou a assistir aos colegas que competiam. Tempos de tempo abundante.

Entre um jogo e outro, sabe-se lá de qual esporte, os quatro caminhavam entre as diversas quadras do grande colégio, olhando uma falta aqui, uma bola na trave ali, uma cortada mais adiante, um par de pernas perturbador na quadra ao lado. Às tantas, notaram uma rodinha em um dos campos cimentados que serviam para vários esportes diferentes. Parecia que algo passava ali, o burburinho indicava problemas.

Os rapazes correram até lá, e um deles abriu espaço entre os colegas que formavam a roda. Pôde ver, no meio da moderada confusão, uma colega de classe, deitada e com uma expressão de dor intensa. Ele queria fazer medicina e viu ali uma ótima oportunidade de unir o útil ao galante. Olhou para os amigos por um segundo e sinalizou com os olhos que ia fazer alguma coisa. Em seguida, ajoelhou-se junto à garota e perguntou onde doía. Ouviu um gemido como resposta. Olhou de novo os amigos e sentenciou: "Cãibra".

Ato contínuo, agarrou o pé direito da moça – era o lado que parecia doer – e começou a empurrá-lo com força, como se quisesse fazer os dedos encostarem na canela. A pobrezinha, então, urrava, ao que ele, sem parar o procedimento, consolava: "É assim mesmo, dói, mas tem que esticar". Ela gritava mais, ele punha mais força. Quando ela ficou pálida e pareceu perder o ar, ele parou. Olhou para os amigos, olhou para a moça de novo e decidiu: "Vamos buscar gelo, rápido". Saíram a passos rápidos o suficiente para se afastar da cena, mas sem denotar desespero. Nem ouviram o choro convulsivo da colega, que agora já atraía uma pequena multidão.

No dia seguinte, os inseparáveis amigos estavam sentados no banco do pátio, comentando os eventos da véspera, quando viram a garota passar, agora com uma expressão muito mais serena, de muletas e uma bota de gesso que ia do pé até logo abaixo do joelho direito. Um dos meninos foi até o grupo para saber o que havia acontecido. Voltou com a notícia fresca: "Pé quebrado. Parece que ela fraturou os tais ossos do carpo, cê sabe o que é?".

O então futuro médico balançou a cabeça e disse, depois de uma pausa professoral: "É, fratura no carpo... Isso às vezes engana". Anos depois, seguiu sua vocação. Tornou-se fotógrafo.

Gavéti

Houve tempos em que se ensinava francês nas salas de aula, e não apenas nas do Instituto Rio Branco ou nas do Lycée Pasteur. Tempos distantes, em que não havia computador – sim, esta é a verdade nua e crua a enfrentar: vivia-se sem computador – e em que o quadro-negro ocupava o lugar da tela, e o apagador, o do "control z".

Um sisudo e renomado colégio de padres do centro velho de São Paulo se orgulhava da qualidade de seus professores e alunos no que se referia ao ensino de francês. Os meninos – só havia meninos – saíam lendo Balzac e recitando François Villon. Bem, nem todos. Um ou outro mostrava alguma dificuldade em aprender a língua de Victor Hugo, como era o caso do aluno novo, que tinha rapidamente conquistado a amizade de quase todos na classe.

O garoto ficava especialmente tenso quando era chamado a falar em sala, ali em pé, em frente aos amigos. Alguns professores o poupavam, mas naquele dia Madame estava excitadíssima com o novo flanelógrafo, colocado à sua disposição pelos padres, a ponto de chamar a classe inteira, um por um, para traduzir (ou decifrar) as figuras que grudava ali no pano verde, quase um passe de mágica. E o que é pior: valia nota.

Alegre e sorridente, Madame olhou na direção do apavorado novato, mas acabou chamando seu colega ao lado. No flanelógrafo, via-se a figura de uma mesa de escritório, que ela apontou com a varinha negra que sempre carregava, como uma batuta. Ao seu olhar sorridente e interrogativo, o amigo respondeu:

– Birô, Madame.

– Non, chéri! C'est "bureau", on dit "BUUU" – e fez o inevitável biquinho – "REAU". Répétez!

– Birrô!

A professora resolveu se contentar e partiu para a próxima vítima. Desta vez, foi inevitável. O pobrezinho, já pálido, se levantou. Quase desmaiou quando Madame colocou o dedo sobre a imagem da mesa que havia mostrado a seu colega e, dela, puxou sorrindo a figura de uma gaveta. Apontou, orgulhosa e inquisitória, a novidade e fez sua carinha de interrogação.

– ... – Ele apenas suava. Não tinha ideia de como seria "gaveta" em francês.

– Mon cher, allez, allez!

– ...

Penalizado, o amigo ao lado resolveu ajudar e cochichar a resposta. Mas sua pronúncia para "tiroir" conseguiu alcançar, com a tensão da hora, apenas um arremedo:

– Tiruá!

João sentiu-se salvo.

– Gavéti! – disse, quase orgulhoso, para espanto da professora e desespero do colega.

– Tiruá, tiruá! – insistiu, quase berrando em seu cochicho, o leal amigo.

– Ghvéti? – tentou, já um pouco inseguro.

– Mais Jean, vous êtes fou? C'est "tiroir"! "Ti-roir"! – emendou a professora já com a paciência extinta.

O pobre garoto, a ponto de chorar, ainda teve forças:

– Ah, professora, não tem mais "a" pra tirar!

Nada que uma segunda época não resolvesse mais tarde.

Primeiro

Ela estava na Itália, junto da família que não conhecia, mas que obviamente portava nas veias o mesmo sangue que corria nas suas. Pela segunda vez ia ver os parentes romanos, mas parecia que sempre tinha morado lá. Era uma emoção especial, podia até forçar um pouco a barra e dizer que só quem descendesse da loba romana sabia o que era sentir aquilo.

Desta vez, a família havia arranjado uma viagem para a praia, apenas para incrementar a temporada da já queridíssima prima brasiliana. Iam rumo ao leste, atravessando a bota até chegar a Pescara, dali a Ancona, depois Rimini, a terra de Federico Fellini. No carro, a prima, o marido da prima e os dois filhos pequenos. Uma viagem não muito longa para quem se acostumara com as extensões brasileiras. Os anfitriões teriam três dias para mostrar à prima querida novos encantos da terra que, afinal, também era dela.

Tudo ia bem até o meio do caminho entre Roma e Pescara. Ali, o movimento foi crescendo, crescendo, a velocidade do carro diminuindo, até que se viram presos em um enorme congestionamento. Bem, fazer o quê? Bolachinha, rádio, soneca, conversa vai, conversa vem, e nada. Não era difícil prever que as crianças sentiriam mais o desconforto. O menino, caçula, que havia conseguido dormir um pouco no colo da prima, acordou, ergueu a cabeça até onde pudesse enxergar o para-brisa e, vendo tudo parado, começou a chorar, irritado e a gritar:

– Perché? Perché?

Ante o olhar dos quatro companheiros de viagem, ele continuou, enfurecido, com as duas mãos para frente, já tão pequeno assumindo a postura de um italiano típico, e completou:

– Perché il primo non cammina?

Boa pergunta: por que o primeiro da fila não andava? Seria tudo tão mais simples.

Defesa

O bar era o Pari Bar, ali perto da praça da República. Os dois amigos saíram, depois de pagar a conta e dizer "até amanhã" ao garçom, e seguiram a rotina daqueles happy hours de antigamente, que começavam lá pelas 5 da tarde e terminavam a tempo de pegar o jantar com a mulher e as crianças.

Como sempre, usavam um carro só. Moravam perto, cada vez um se dignava a tirar o carro da garagem. Naquele dia, o amigo mais extrovertido e mais forte é que estava ao volante. Subia tranquilo a General Jardim quando, ao passar pela praça Rotary, em frente ao prédio da Norton, viu uma cena dantesca: um mendigo estava dando uns bofetões em uma mulher, aparentemente tão pobre quanto ele, em plena calçada.

O amigo ao volante avisou o outro que ia parar e intervir. Estacionou meio torto, desceu, agarrou o indigente e lhe deu uns dois ou três tabefes, poucos, mas fortes o suficiente para amansar o agressor. Ia começar a lição de moral quando ouviu um urro atrás de si. Não teve tempo de se virar, recebeu uma porretada na nuca, desferida pela até então vítima, que trazia à mão um pedaço de caibro de mais de meio metro.

Caiu no chão apenas para tomar uma saraivada de pancadas fortes.

Depois da interferência do amigo mais contido, a mulher parou. O fortão ainda teve disposição de dizer:

– Mas eu estava defendendo você!

– Moço, quem me defende é ele, quem defende ele sou eu. Já é tarde. Por que o senhor não vai defender sua mulher?

Amparado pelo amigo, o fortão voltou ao carro e acelerou para casa. Não sem antes ajeitar o retrato da mulher na carteira.

Pastor

O homem saiu pela rua, como todo dia costumava fazer depois de almoçar em casa, hábito de lugares ou tempos longe. Andava a pé até a avenida larga, não mais do que meia dúzia de quadras, onde esperaria o ônibus. Um muro de uns dois metros e meio de altura, e cinza, decorava a primeira esquina. Atravessou na direção dele e foi seguindo o contorno que ele delineava, quando ouviu, vindo do outro lado, o latido alto e grosso. Assustou-se – poucas coisas na vida o aterrorizavam mais do que cachorro, qualquer cachorro –, mas o muro o sossegou. Um segundo depois, ele viu surgir no alto a cabeçorra de um pastor alemão. Novo susto, mas parecia impossível o cão transpor aquela altura toda. Porém, o impossível acontece, como dizia a revista velha: do alto da muralha eleva-se o bicho peludo e cai bem à sua frente. Ele estanca, gela, então começa a tremer, esperando o ataque devastador. Mas não é o que acontece.

Na verdade, parecia que o cachorro, à sua maneira, sorria. Aos pulos, parecia ter encontrado seu dono depois de meses ou anos sem vê-lo. O homem, se manteve o terror, ao menos venceu a paralisia e, seguindo uma velha instrução, começou a caminhar, tentando manter passos firmes e regulares e uma feição de "não é comigo". Assim que o animal o viu se afastando, foi atrás dele, para seu desespero crescente. Apertou o passo. O pastor alemão logo o alcançou. O trânsito, então, de repente pareceu ser sua salvação. Atravessou a rua atabalhoadamente, ouviu pelo menos um ruído de freada e um impropério indistinto. Olhou rapidamente para trás, dobrou mais uma esquina, virou-se mais demoradamente e – alívio – viu que havia despistado seu perseguidor.

Essa agora, ser adotado por animal horroroso daqueles. Tirou o lenço do bolso e enxugou o suor frio da testa. Acalmou o passo e seguiu em direção ao ponto de ônibus, agora a apenas meio quarteirão. De repente, algo o tocou na barriga da perna: do nada, o saltitante pastor alemão mostrava toda a alegria por tê-lo encontrado novamente. Voltou a segui-lo, gaio como um garotinho que tivesse achado o próprio pai. Já o homem sentiu que não conteria mais o pânico. Tinha certeza: não ia se segurar, ia sair correndo e, então, a fera em fúria o destroçaria e o reduziria a duas linhas no pasquim popularesco: "Tragédia nas ruas: pastor alemão trucida trabalhador inocente". Já ia começar a cumprir a sina, suor profuso encharcando seu pescoço, quando viu uma nova tábua de salvação: o cinema. Correu até lá a toda velocidade e entrou. Entre a porta e a bilheteria, havia uma antessala. O pobre cão, agora já afeiçoado ao novo amigo, tentou entrar também, no que foi barrado por um segurança. O homem comprou a entrada e entrou sem olhar para trás.

Rangeu os dentes quando viu que o filme exibido era "Lassie", mas aguentou firme. Teria de estar calmo o bastante para explicar ao chefe por que chegara do almoço às quatro da tarde. Isso se o novo amigo não estivesse esperando por ele na saída.

Anfitrião

Num sábado ensolarado, belo como só os sábados ensolarados de Santiago, o exilado lia o jornal da véspera à sombra da sala, sempre esperando o sol do Brasil, de que a ditadura o havia privado. Toca a campainha. Ué, não era hora. Ao abrir a porta, depara com uma senhora nem das mais bonitas, nem das mais elegantes, menos ainda das mais esbeltas.

– O senhor não imagina o prazer que eu tenho em revê-lo – disse ela, em bom português, para aflição do anfitrião acidental, que não fazia ideia de quem fosse.

– Como vai a senhora? – perguntou por trás de um riso amarelo, sem que a memória trouxesse uma pista sequer.

Ela percebeu logo que não estava sendo reconhecida. Identificou-se, nome e sobrenome, este inconfundível, de um velho companheiro de lutas, ex-deputado, como ele, mas vivendo no Brasil. Armou-se do melhor sorriso e abriu os braços para recebê-la.

– Seu filho é um grande amigo, minha casa é sua casa!

Ela não escondeu o constrangimento:

– Desculpe, ele é meu marido.

Puro rubor.

– Meu Deus, me perdoe, é tanto tempo longe, tanta preocupação. Me perdoe, vamos entrar.

Ainda vermelho, conduziu a robusta senhora à sala, oferecendo-lhe um lugar de honra, a antiga cadeira de cana-da-índia. Foram dois segundos: após um estalo seco, a cadeira abriu os quatro pés e ruiu. A mulher estatelou-se, de pernas para o ar, ante o anfitrião estupefato.

– Oh, não! Esses móveis velhos! Deixe-me ajudá-la. – E pôs-se a tentar levantar a gordota, tarefa impossível para quem não fosse um guindaste.

Depois de aboletá-la no sofá, mortificou-se:

– Eu não sei como me desculpar, essas velharias... Olhe, deixe-me servir-lhe um licor, aí vamos conversar, quero saber do Brasil, de seu fi... marido.

Já bastante incomodada, ela acabou aceitando, e ele trouxe-lhe um calicezinho com um licor bem claro, transparente mesmo. Seria Cointreau? Ela levou o copo aos lábios e... "puá"!

– É água!

Até aquela altura, o pobre exilado não sabia que sua empregada chilena gostava além da conta de beber e aplacava sua sede ali mesmo, no bar da casa, colocando água nas garrafas vazias para disfarçar.

A visita não durou mais dez minutos; a senhora, assim que viu uma chance, achou um pretexto qualquer e abriu fuga. O anfitrião, depois de refletir, consolou-se. A gordota, em poucas horas, estaria no Brasil. Já ele, teria sabe-se lá que tempo, longe da terra querida, para pagar seus pecados – e agora mais este pecadilho.

Dói

Depois de dezesseis dias de viagem por mar, mais uma cansativa jornada por terra, Paris parecia mesmo uma festa. Para quem havia saído do interior de São Paulo, daquele fazendão de terra vermelha, silêncio e uma fortuna a colher todos os anos dos quietos e fiéis pés de café, a grande metrópole era um tanto barulhenta e agitada. Tudo o que ele queria.

Já na segunda noite, l'Opera. O grande e copiado teatro estava em sua melhor forma, em noite de Puccini e casa cheia. O fazendeiro entrou, acompanhado de um pequeno grupo de amigos, sabendo que o único inconveniente seria ver a ópera longe deles: não haviam feito uma reserva para o brasileiro porque não sabiam que ele viria. Problema nenhum. Quando soou o primeiro sinal, separaram-se, e ele, paramentado de acordo com a ocasião e a época, entrou pela plateia até a fileira onde estaria seu assento. Foi se esgueirando por ele rumo à cadeira quando, inadvertidamente, pisou no pé de uma senhora, que não conteve um grito estridente.

– Oh, excusez-moi, madame, je suis vraiment desolé! – e malandramente, sorriu largo e acrescentou, em fluente ituano: – Mas pé de velha não dói, não é?

– Se for o da sua mãe, seu desaforado! – rebateu a madame, indignada e inesperadamente brasileira.

Mudo, o fazendeiro fugiu o mais rápido que pôde até sua cadeira, onde se encolheu até o fim do primeiro ato. Luzes acesas, ainda pôde ouvir a conterrânea comentar com alguém ao lado:

– Só porque é Amaral pensa que pode ser abusado!

Não se levantou mais até a peça acabar. Pensou seriamente em não se levantar até o sábado seguinte.

Brigadeiro

– Ora essa, imagine, é uma história tão antiga, acho que nem seu pai tinha nascido.

– Mas vovô...

– Tá bem, eu conto. Era 1954, agosto de 1954. Eu já era oficial, major da Aeronáutica do Brasil, e parecia que o futuro estava querendo me tratar bem. Não sei se você sabe, naquele momento o Brasil vivia um momento de crise...

– Como sempre, vovô.

– Mas essa era pior, o presidente estava cai não cai, tinha um monte de acusações contra ele, a coisa estava feia. Pois bem, um dos inimigos mais ferozes do presidente... Você sabe quem era o presidente em 54?

– ...

– Vargas, meu filho, Getúlio Vargas. Como pode um neto meu não saber? Bem, um dos piores inimigos de Vargas era o deputado Carlos Lacerda, um homem enérgico, anticomunista ferrenho, um orador e tanto, cheio de veneno e sempre pronto para jogar esse veneno contra o presidente. Acontece que o Getúlio era muito querido, venerado mesmo, pelos mais pobres, e, pelo calor dos debates, resolveram lá que o

Lacerda precisava de proteção. Tinha sofrido umas ameaças, inventado mais algumas, eu sei que se estabeleceu que um oficial da Aeronáutica faria a segurança do homem sempre que ele estivesse fora da Câmara, que naquele tempo era no Palácio Tiradentes. Um belo dia, o meu superior imediato me chama e diz: "Major, esta noite o senhor está escalado para acompanhar o deputado Carlos Lacerda". Eu fiquei meio chateado, era bem no turno da noite, não tinha muita hora para acabar. Mas, afinal, ia estar ao lado de uma celebridade, o que tinha seu lado bom, rendia umas histórias para contar.

– Mas você não era da Aeronáutica? Por acaso o deputado ia para casa de avião?

– Não deboche! Os oficiais da Aeronáutica eram mais instruídos e muito bem treinados... Bom, é fato que havia muitos deles que queriam ver o Getúlio pelas costas. Fosse por uma coisa, fosse pela outra, acabaram sendo escalados para essa missão. Pois bem: duas horas antes de eu assumir o meu posto, recebo o aviso de que outro oficial ia cumprir a minha escala naquela noite. Até que fiquei contente, não ia precisar entrar na madrugada trabalhando. Mas no dia seguinte, ainda de manhã, o rádio deu uma notícia chocante: um pistoleiro tinha se atocaiado na frente do prédio onde morava o Lacerda, ali na rua Tonelero, em Copacabana, e, quando o carro chegou e o deputado desceu, o facínora abriu fogo. Acertou o homem no pé, mas o major que lhe fazia a segurança não teve a mesma sorte. Tomou um tiro no peito ao tentar agarrar o bandido, e não teve jeito: foi desta para melhor. Justamente o major que me substituiu naquela noite.

– Uau, que sorte a sua!

– É mesmo, muita sorte. Mas...

– Como mas, vovô?

– Se você olhar com cuidado, vai ver que quem ficou famoso nessa história foi o Vaz, o que me substituiu. Saiu fotografia no Cruzeiro, em tudo que era jornal, o rádio deu, a televisão mostrou. Tem até aquele túnel com o nome dele, ali perto de onde foi o atentado.

– Mas, se fosse você lá, não tinha chegado a brigadeiro.

– É, brigadeiro sim, mas que brigadeiro? O famoso brigadeiro "Quem?".

– Ora, vovô.

– Já o Vaz...

Cura

Só quem tem enxaqueca sabe: é um suplício que a Natureza guarda para uns poucos, a quem, em outras qualidades, até que premia com alguma liberalidade. Talvez uma compensação congênita.

Ele sofria muito esporadicamente das crises que, ao contrário do que pensa a maioria, não se resumem a uma dor de cabeça de um lado só do crânio, têm sintomas paralelos piores do que a própria dor, como a cegueira parcial, visões de formas brilhantes esquisitíssimas, uma vontade irresistível de vomitar, amortecimento dos dedos de uma das mãos, normalmente o mínimo e o anular, às vezes a mão inteira, e sempre do lado oposto da dor de cabeça.

Os primeiros sintomas apareceram em plena avenida Paulista, ele à direção de seu carro, uma relíquia de família, um DKV bege tão novo como só uma máquina do tempo geraria. Imediatamente ele pensou: "tenho de ir para casa já", o que implicava sair da pista da direita, de onde ele iria descer a rua Augusta, e passar para a da esquerda, chegar ao túnel que leva à avenida Rebouças e acelerar o carrinho rumo ao quarto escuro, única terapêutica possível.

Pisca-pisca para a esquerda, mudando de rumo ajudado por motoristas gentis, até que, já na boca do túnel, passa um desses meninos mimados e vitaminados, carro zero, muita musculatura e nenhuma solidariedade. Colisão. O carrão espaçoso pegou o para-lama dianteiro esquerdo daquele até então imaculado carrinho. E seu dono naquela terrível fase inicial da enxaqueca.

Logo, segue o ritual dos carros que batem. Descem os dois motoristas para, como no samba de Noel Rosa, conversar e discutir. Um, boyzinho. O outro, um cara zen com enxaqueca. O boy, musculoso como seu carro, toma a iniciativa da palestra, com tom e maneira típicos:

– Tira essa lacraia da rua!

– Mas eu tava dando sinal.

– Eu lá enxergo sinal de calhambeque?

– Mas...

E por aí foi.

O menino musculoso chega perto demais da enxaqueca do outro, que só queria ir logo para casa. Encara-o, superior, rosto muito próximo.

– Bundão!

– Mas...

– Some com essa lata velha!

– Olha, desculpe, mas...

– Desculpe o cacete!

Enxaqueca. Estrelas em frente aos olhos. Cegueira parcial. Vomitar era questão de minutos. O boyzinho declamava: "Seu bundão! Seu bos..." – não terminou a frase. O murro veio firme, rápido, seco. Para evitar vomitar em público, o enxaquecoso fechou a mão e desferiu um golpe só. O fortinho dormiu ali mesmo.

Hesitou por um segundo, o macistezinho ali no chão como um bebê no berço, gente juntando em volta. Mas logo viu que a solidariedade coletiva tomava conta da vítima mais visível. Subiu então na relíquia devassada, acelerou o motor de dois tempos e se foi, com a pressa de chegar ao quarto escuro, tão necessário.

No sinal da rua Estados Unidos, ele se deu conta: a enxaqueca tinha ido embora. Não mais estrelinhas, não mais enjoo, não mais amortecimento dos dedos, não mais dor na metade da cabeça. Só um ligeiro incômodo nos nós dos dedos da implacável mão direita.

O sinal abriu junto com a tomada de consciência: ele tinha descoberto a cura da enxaqueca. Já na avenida Brasil, ponderou: era melhor, para a manutenção da paz no planeta, guardar para si a descoberta.

Em casa, procurou alguma arnica para aplicar na mão.

Satisfação

Atrasado, de novo. Mas ela haveria de entender; o carro, afinal, era importante para a noite deles, e só havia sido emprestado por seu pai às quinze para as dez, quarenta e cinco minutos depois do horário em que ele havia combinado encontrá-la. Chegou apenas dois minutos antes de ela sair com as amigas e deixá-lo para trás – pelo menos foi o que ela lhe disse, rosto voltado para a rua além da janela, alternando um dez segundos de silêncio com um murmúrio de desdém.

Só podia ser algo passageiro. Por isso, seguiu o caminho combinado desde a semana anterior. Em pouco mais de dez minutos, ligou o pisca-pisca e entrou numa travessa da Marginal Pinheiros, para, logo em seguida, embicar em uma entrada claramente identificada pelo neon vermelho: Motel.

Ela fez uma cara de ultraje e virou o rosto para o vidro, enquanto ele escolhia o quarto e entregava os documentos de ambos à sonolenta mocinha da portaria. Deixou o carro morrer uma vez antes de trilhar o caminho das diversas portinhas de garagem e encontrar a sua. Entraram no quarto, depois de um giro apertado pela escadinha em espiral entre o carro e a porta. Ela sentou-se na cama e fechou a cara. Inúteis os esforços dele para agradá-la. Carinhos, argumentos, suspiros, nada conseguiu mudar-lhe o bico.

– Quem disse que eu queria vir aqui?

– Ô, minha gata, a gente tinha combinado. Eu ia pegar o carro do papai e a gente viria para cá. Mas o velho atrasou, que é que eu posso fazer?

– Você reparou que não para um minuto para pensar em mim? É o papai, é o carro do papai, é o motel... E eu?

– Minha gata, eu só penso em você.

– O Felipe chama a Camila de "meu amor" na frente de todo mundo. E você?

– Pô, eu não sou o Felipe.

– Bem se vê!

E por aí foram, entrando pelo labirinto da conversa a dois, tão perigoso para quem não é versado. Em meia hora, impasse.

– Acho melhor a gente ir embora.

– Eu também. – Ela ainda lançou um olhar quase imperceptível de "tem certeza?".

Duros na queda, os dois foram, contra a vontade, saindo do quarto e entrando no carro. À saída, ele estacionou ao lado da portaria e desceu para acertar as contas. Ela ficou em seu lugar, já com o cinto de segurança afivelado. Ligou o rádio e esperou. Esperou. A ponto de ouvir um Felipe Dylon, um reggae, dois sambões não identificados, uma cantora de voz grossa e língua estranha e pelo menos uma má notícia. Estava mais ou menos no quarto intervalo comercial quando ele apareceu.

– Poxa, eu achei que você tinha morrido lá dentro.

– É que a moça não queria entender.

– Entender o quê?

– Que não era para cobrar.

– Como assim?

– Que não era para cobrar, ora essa, afinal a gente nem transou.

– Você... Você... Você ficou quase uma hora contando que a gente não transou?

– Ué...

– Eu fico aqui mesmo!

Conseguiu com muito esforço deixá-la em casa. Ela saiu do carro sem dizer uma palavra, bateu a porta e o deixou pensando no que teria feito de errado. Talvez devesse conversar com seu pai sobre o assunto, o velho entendia muito de mulher.

Duas semanas depois, resolveu levar-lhe flores. As mulheres, dizia o pai, tinham uma enorme capacidade de perdoar.

– Que rosas lindas! Não precisava, devem ter custado uma fortuna.

– Imagine, minha gata, nas barraquinhas do Araçá é tudo uma pechincha.

Nunca mais a viu depois daquela noite, apesar do mês de saudade que ela teve antes de esquecê-lo por completo.

Bakunin

Já no carro, com a mãe da cliente devidamente a postos e balançando a cabeça com ar de "onde foi que eu errei?", o advogado, com o máximo tato, perguntou à moça desconsolada a seu lado o que realmente havia acontecido. A acusação de arruaça e atentado à ordem pública era séria, ainda mais naqueles tempos bicudos, em que cochichar uma posição de esquerda já era risco de vida.

Quanto não seria sair pela rua seminua bradando palavras de ordem anarquistas, sem poupar sequer a frente de uma igreja em plena missa?

Ela havia chegado de Londres não fazia um mês, depois de uma temporada de dois anos em que tinha introjetado quase toda a contracultura e aprendido tudo sobre as liberdades individuais em um mundo civilizado – e freak. As marcas disso incluíam duas tatuagens e um corte de cabelo curto demais para uma mulher brasileira do fim dos anos 70.

Foi sorte ter conseguido alugar uma casinha ali, travessa da Doutor Arnaldo, já na parte em que a pista é única e que a igreja de Nossa Senhora de Fátima reina. A casa era de um parente longe, que acabou não pedindo fiança por consideração familiar e pelo detonado que o imóvel estava, o que viabilizou seu projeto de morar, na volta a São Paulo, sem ter de passar por um estágio na casa dos pais.

Era um sobrado pequeno, mas perfeito para uma mulher sozinha – quase sozinha: havia o cachorro, um husky siberiano que tinha atravessado o Atlântico com ela e que era seu companheiro mais próximo na cidade natal, apesar de agora estranha.

Desde os primeiros dias, tentou estabelecer uma rotina muito organizada para manter a casa à moda europeia, segundo a qual só ministros, nobres ou marajás tinham empregados domésticos; gente comum cuidava da casa. Em pouco tempo, percebeu que em São Paulo seria mais difícil. Não havia metrô próximo, o que a fazia perder muito tempo entre casa e trabalho, impossibilitava que voltasse para casa no almoço, fazia da volta para casa um inferno. Com o cachorro, o inferno dobrava: deixava toda a comida e água do dia nos devidos recipientes e, quando voltava, tinha muita bolinha esparramada pelo chão para recolher; ele ficava muito excitado para sair e fazer seus cocôs e xixis, àquela altura inadiáveis, enfim, era um malabarismo. Mas ela adorava ter voltado, e o cachorro com nome estranho era um fator desse amor.

Não era exatamente fluente nas tarefas do lar, por isso mesmo às vezes quebrava um copo ou esquecia-se de fechar uma torneira. Nada grave. Pelo menos até o dia em que, ao carregar o lixo até a calçada, deixou o portão aberto apenas o tempo suficiente para que o husky buscasse realizar seu sonho de liberdade e saísse eufórico pela rua, a toda velocidade. Ela vestia apenas uma camisa grande e sandálias de dedo – era seu traje para as tarefas domésticas –, mas assim mesmo saiu correndo e gritando pelo amigão.

– Bakunin! Bakunin!

Subiu a rua até a Doutor Arnaldo, na direção em que o cachorro parecia ter ido. Quando passou em frente à igreja, o primeiro guarda a viu e pediu reforços. Não se sentiu seguro o suficiente para entrar em ação sozinho. Em alguns minutos, a perigosa manifestante anarquista seminua foi dominada.

A campainha tocou. Ela atendeu com cara de quem não tinha dormido nos últimos dois dias. O que viu transformou seu rosto em pura alegria. Era o guarda da rua ao lado segurando uma guia de nylon. Na outra ponta, Bakunin latiu feliz da vida ao ver sua dona, que já julgava perdida.

Coxia

Houve um tempo em que o Brasil experimentava a sensação ambígua do pré-adolescente que vive tutelado e ensaia os primeiros passos de liberdade. Exauria-se a solução autoritária, imposta duas décadas antes pelo poder militar associado a parte importante da burguesia nacional. Tempos de abertura.

A uma certa desconfiança juntava-se o entusiasmo de quem via a vida renascer plena, a expressão livre sendo seu maior sinal. Nunca se fez tanto show com tanto desejo em cada nota, cada compasso dando a cadência de um novo tempo. As plateias lotadas se uniam ao palco cheio de vida, e o canto saía um só.

Naquela noite, isso se fez literal: no badalado teatro da Bela Vista, que tinha três salas diferentes, uma delas ia apresentar um show com uma estrela da época, já consagrada atriz e cantora, disposta, como muitos, a dispensar o cachê e doar a arrecadação da bilheteria a alguma causa – fazia-se isso àquela época.

Abertas as portas do auditório, o que se viu era que haviam sido vendidos muitos ingressos a mais do que o número de cadeiras da casa. Muitos mais a ponto de, em poucos minutos, além de a plateia estar lotada, os corredores e demais espaços vazios estarem totalmente ocupados. E ainda havia gente para entrar. O que restou a essas pessoas foi ir subindo ao palco. Primeiro no estreito espaço que ia até o pé da cortina fechada. Minutos depois, para trás da cortina: pelo menos uma dezena de pessoas entrou por baixo do pano e se acocorou nos cantos do palco, onde logo a seguir a cantora se apresentaria.

Ele estava fascinado com aquilo tudo. Tinha chegado ali atrás das cortinas quase empurrado. Agora sentia a mesma sensação que um astro sente nos segundos que antecedem a entrada triunfal em cena. Os panos grossos abafavam boa parte do ruído que vinha da plateia e faziam o palco parecer mais uma grande sala a meia-luz. Os músicos afinavam seus instrumentos, ajeitavam as partituras, trocavam piadinhas. Ele, sentado no seu canto, não perdia nenhum detalhe.

Uma campainha tocou sem que ninguém ligasse muito. Minutos depois, um segundo toque transformou a tranquilidade em alerta. Uma terceira campainha, e a cantora apareceu, negra, esguia, linda, com um vestido longo que lhe deixava as costas nuas e lhe desenhava os seios firmes. Ela já estaria em cena quando a cortina subisse. Seu rosto tinha a mesma tensão do resto da trupe ali atrás, esperando que, num espetáculo às avessas, a máquina que levantaria o pano desse entrada à plateia repleta. E a cortina não se levantou. A máquina falhara. Poucos segundos depois, um homem baixo, gordote, chegou agitado a dois palmos de onde ele, paralisado, esperava, tomou uma corda grossa nas mãos e começou a puxá-la com força, pendurando-se mesmo nela. Tentava subir a cortina com as próprias mãos. Ouviu-se então um estalo, e um grande contrapeso de concreto desabou a menos de meio metro de onde o jovem sentado esperava e atingiu em cheio a perna direita do baixinho que tentava subir a cortina. O palco se agitou como nunca.

Três pessoas removeram dali o homem machucado. A cantora tinha o susto marcado no rosto, enquanto o menino agora estava mais menino. Ela, então, ao olhar em volta, o viu ali sentado. Aproximou seu rosto do dele, fez-lhe uma carícia nos cabelos e lhe deu um longo beijo na boca.

O tempo parou até o momento em que a cortina se abriu, sabe-se lá como. Assim que a plateia apareceu-lhe na frente, a cantora virou estrela e seu rosto tenso transformou-se em um só sorriso, enquanto emitia as primeiras notas, abafadas pelo delírio da casa cheia.

O menino ouviu tudo, da primeira à última nota, as palmas, o atropelo da saída, o aviso do vigia de que não havia mais ninguém ali, que ele teria de ir embora. Tudo era música.

Alta

Há quem diga que é uma prova de amor ocupar a cama de acompanhante em um quarto de hospital. Normalmente, são de material plástico, imposição da assepsia, e muito pequenas, imperativo da escassez de metros quadrados. Dois atributos que tornam difícil permanecer sobre a cama, quanto mais dormir.

Para ela, no entanto, poderia ser uma cama de pregos quentes. No leito ao lado, cheio de tecnologia, estava seu irmão mais novo e mais querido, por quem ela daria talvez um braço. Dar noites de sono, quantas fossem necessárias, não era sacrifício algum.

Desde que ele havia recebido o diagnóstico, era ela quem tinha tomado para si a ordenação da nova vida do irmão. A diferença de idade entre eles – ele com 30, ela com 35 – já não os distanciava como na infância, mas ainda dava a ela certos direitos. Como o de ralhar pelo cumprimento estrito das prescrições médicas ou alertar para o desalinho na roupa de festa.

Eram os dois casados, felizes em seus relacionamentos, mas de certa forma eram mais fiéis um ao outro do que aos consortes – que entendiam e aceitavam. A doença, traiçoeira, já lhe havia levado a tantas cirurgias e intervenções invasivas, que ambos pareciam passar mais tempo juntos do que com seus pares.

Daquela vez, o quadro parecia mais grave. Pelo menos para ela e os médicos, já que ele ou desdenhava os diagnósticos, ou tinha uma maneira muito pessoal de interpretá-los. De qualquer forma, já havia passado por várias operações e sempre surpreendera a todos com os resultados.

O mal, no entanto, era renitente. Ali, de novo, ele havia passado por horas de anestesia e invasões. Agora, parecia dormir sereno, o que a fez ressonar por uns minutos. Os barulhinhos das máquinas, o lençol escorregadio sobre o plástico, os presságios compunham um sonho mal parado, em que imagens da infância se sobrepunham a outras de morte e dor, ele chamando "mana, mana, mana".

– Mana!

Ela acordou com o chamado mais alto. Ele a olhava com ar de preocupação, o que a fez ficar imediatamente desperta.

– Quando vou ter alta? – perguntou.

– Não tenho certeza, meu amor.

– Não me esconda nada.

– Você sabe que eu não escondo.

– Eu sei. Mas eu preciso saber da alta. Quando eu vou ter alta?

Ela entendeu: ele estava tentando tomar pé de sua real situação, que ela sabia muito grave. Sentia-se mal com aquela conversa, mas precisava continuar, mesmo sabendo qual seria o fim, mesmo sabendo que ia sofrer com o que diria.

– Você sabe, meu amor...

– O que, mana?

– Você sabe, é coisa de dez dias, duas semanas, até. Não dá para ser mais rápido.

Ele então sorriu, com ar de alívio.

– Ufa! Que bom.

Ela quis entender.

– Que bom – ele continuou. – Depois da outra cirurgia, eu comprei duas passagens, mais hotel e tudo, para o Peru. Preço imbatível, praias lindas, mais barato que Trancoso. Só que eu tenho que viajar daqui a, no máximo, um mês.

Um mês seria suficiente, ele teria alta a tempo de não perder a viagem. Para ela, seria um pouco sofrido, o tempo dele fora seria um tempo a menos de convívio, agora que tempo era o que se esvaía. Mas ela havia entendido o que ele dizia nas entrelinhas o tempo todo: não viver era muito perigoso.

Frutas

O jovem casal ia pela estrada afora em busca de um paraíso próprio, distante da cidade grande, barulhenta e opressiva. Ele era mais vivido do que ela, mais viajado, mais de dez anos mais velho. Ela era uma moça linda, a quem ele sempre queria impressionar, como que sempre em busca de deixar uma imagem melhor de si.

A paisagem ia ficando mais e mais bonita à medida que se afastavam da cidade e iam ganhando o campo, percorrendo a distância que ainda faltava para chegar a seu destino, uma fazendola charmosíssima que ele havia encasquetado de comprar, mas não sem antes consultá-la. Como se vê, a busca pela melhor impressão não cessava.

O sol a pino e a fome impunham a primeira parada. Mais uns poucos quilômetros e viram, à beira da estrada, um posto de gasolina meio surrado pela poeira. Mais ao fundo, uma placa apontava o restaurante. Pararam, desceram, esticaram pernas e braços e caminharam até o salão de pé-direito alto e telha-vã, a trazer o frescor que a arquitetura intuitiva trazia desde sempre às casas caipiras.

Não demorou que um garçom simpático e prestimoso sugerisse uma mesa e logo se postasse com bloquinho e caneta à espera dos pedidos. O homem do casal se antecipou:

– Posso sugerir?

– Claro – ela respondeu, entre confiante e sem alternativa.

Ele dirigiu-se ao garçom e perguntou:

– Você tem presunto cru?

O moço pensou um segundo antes de responder:

– É, tem sim.

– E figos?

– Tem, sim, senhor.

– Então, por favor, prepare uma entrada de figos com presunto.

– Ih, senhor, a gente aqui nunca fez isso.

– Ora, é simples.

Didaticamente se pôs a explicar como deveriam ser os dois pratos idênticos que iniciariam a primeira refeição da viagem.

– Primeiro, você coloca as fatias de presunto, uma a uma, forrando o prato.

Depois, descasca os figos, uns quatro por prato, e coloca sobre o presunto. Não é simples?

O garçom manteve uma expressão interrogativa. O homem repetiu a pergunta:

– Não é simples?

– É, é simpre. Eu só acho que quatro figo por prato é muito figo.

– Bom, se vocês estão sem figos, pode colocar uns dois por prato. Você descasca e serve.

– Ih, moço, vou ser sincero c'o senhor: nunca vi 'cascá figo de boi.

Acabaram optando pela sugestão do chefe, um delicioso viradinho de feijão. Sem entrada.

Trégua

A carta do Ministério da Guerra chegou bem na hora em que a família se preparava para almoçar. O carteiro não escondia sua apreensão e demorou a se afastar do portão, na expectativa de ver o envelope ser aberto. Não viu. Mas ouviu de longe o choro e as lamúrias.

O texto era curto e não deixava dúvidas: o filho mais velho da casa havia morrido em combate nos campos da Itália. Nunca tinha esperado ir tão longe, aquele menino. Na escola era bom aluno, tinha especial predileção pela língua portuguesa. Mas no convívio era arredio. Não tinha sido sempre assim, mas, no começo da adolescência, seu rosto tinha sido tomado de tal forma pela acne que não era possível passar por ele sem olhar. Isso, no ambiente escolar, facilmente se transformava em estigma. O número de amigos ia de forma inversamente proporcional ao de apelidos: aquele era cada vez menor, e estesiam chegando às dezenas. Mais ele se afastava dos colegas, mais se amplificava a zombaria.

Tudo isso havia feito a convocação para a guerra ser recebida pelo rapaz quase com festa. Sem pagar nada, com sustento garantido pelo Estado, ganhava uma temporada fora da cidadezinha que, para ele, era só humilhação e menosprezo. No dia da partida, seu sorriso contrastava com as lágrimas profusas dos pais e dos irmãos. Embarcou sem saber se voltaria, mas não queria mesmo saber.

Pouco mais de um ano depois da morte do rapaz, a família já tinha engaiolado a dor. De vez em quando, a mãe era pilhada chorando num canto, mas os gritos mais intensos haviam cessado. No entanto, o anúncio do fim da guerra na Europa trouxe de volta a emoção. Ninguém conseguiu conter as lágrimas diante da voz empostada que vinha do rádio anunciando que os bravos soldados de dezenas de países voltariam para casa. O menino deles não voltaria.

– Ele voltou! Ele voltou! – O carteiro entrou esbaforido sem sequer bater palmas. – Olha aqui, olha aqui! – Brandia um jornal da capital que trazia uma nota sobre sobreviventes que haviam sido dados como mortos e agora desembarcavam no Rio de Janeiro. Na lista dos nomes, o do rapaz parecia brilhar e piscar.

Dez dias depois, ele chegava à cidade cercado de glória. Era a primeira vez que aquela terra via um dos seus ser consagrado como herói de guerra. Ainda usando uma bengala para compensar as sequelas de um ferimento grave, foi recebido pelo prefeito e desfilou em carro aberto, fazendo jus até a papel picado. A única rádio local apressou-se em entrevistá-lo. Depois, o orgulhoso locutor, após traçar a biografia do herói da Pátria, cheia de brilhos, inflada acima do que seus pouco mais de dezoito anos de vida permitiriam, lembrou-lhe os atos em batalha:

– Honrou sua família e nossa cidade. Ferido quase mortalmente, teve fibra para resistir. Traz as marcas da glória e também suas cicatrizes. Mas o petardo que lhe marcou a perna direita e os estilhaços que lhe marcaram o rosto não foram suficientes para que nele esmorecesse o brilho.

Ao ouvir aquilo o rapaz percebeu que a guerra não havia apenas lhe resgatado o apreço dos concidadãos. Havia também lhe curado as marcas da acne, agora transfiguradas em heroísmo. Bendita guerra.

Herança

Quando o carteiro chegou, não gritou nome nenhum. Não seria prudente, ante a severidade do destinatário e, de qualquer modo, não saberia pronunciar o que estava sobrescrito no envelope. Apenas entrou na casa, um híbrido tão comum de armazém de secos e molhados e botequim, e foi até o homem no balcão. Ao cumprimentá-lo, chamou-o pelo nome corrente, nada a ver com a confusão de letras escrita acima do endereço.

– Bom dia, seu Sabino. Tem carta pro senhor. E vem de longe.

O homem agradeceu com um aceno de cabeça e apanhou o envelope. Logo viu: carta internacional. Devia receber uma a cada três ou quatro meses, mais ou menos, de uma das irmãs que haviam ficado no Líbano. Na verdade, da irmã, tinha uma lembrança muito vaga, tanto da fisionomia quanto da voz, que, ao passar das décadas de separação, tinha se tornado apenas uma caligrafia carinhosa.

Sabino havia chegado ao Brasil ainda jovem, vinte e poucos anos, pelo porto de Santos. Sem parentes e sem capital, teve de exercer seu talento comercial de forma diferente da lendária figura do mascate que termina capitão de empresa. Por ser um homem forte e disposto, conseguiu uma oportunidade na estiva, outra como faz-tudo, mais uma em um barco e, com o pouco dinheirinho economizado, foi tentar o comércio em uma cidadezinha menor, também à beira do mar. Ali, de uma banquinha de badulaques e da disposição para serviços gerais, foi se estabelecendo até conseguir montar seu armazém e, depois, comprar a casa onde se instalara.

Estava bom para ele. A cidadezinha era calma, de ruas de terra, e recebia os visitantes habituais, tanto no verão quanto nas férias de julho, quando ele conseguia engordar sua receita. No resto do ano, ia levando, atendendo a parte não flutuante da população, mais pobre, mas mais fiel. O armazém era sua realização, de resto um bom resultado para quem havia começado do zero. Havia também construído uma família. Já trintão, conhecera uma caiçara bonita, que lhe dera quatro filhos. No entanto, uma doença dessas de mulher, avassaladora, a tinha levado antes da hora. Mas os rapazes superaram a perda da mãe e cresceram bem, três deles constituindo família e seguindo a trilha da bela mestiçagem sírio-cafuza. O caçula seguira solteirão. Todos tinham o pai e seu armazém como norte.

Aquela carta estava diferente das outras. A letra da irmã, embora azul e bem-traçada, estava menor, um pouco mais inclinada e visivelmente mais tensa – um ou outro pequeno borrão e um certo desalinho indicavam isso. Sabino foi lendo, linha a linha, e entendeu a irmã: era caso de morte. Um tio deles havia falecido semanas antes da carta e, em seguida, abriram seu testamento. Para surpresa geral, um quinhão generoso estava lá, legado ao sobrinho distante.

Ao ler isso, Sabino decidiu convocar a família: a fração do patrimônio do tio resolveria a vida de todos eles por umas três gerações. Com a vida pacata e barata da vila praiana, talvez umas cinco. No fim da tarde do dia seguinte, fechou mais cedo o armazém, sem dar muita satisfação aos bebedores de sempre. Juntou duas mesas e oito cadeiras e esperou a chegada dos filhos e noras. Os netos não viriam.

Aos poucos, foram aparecendo, todos de banho tomado e roupa de missa, como se houvesse ali uma solenidade – na verdade, havia. Sentaram-se à mesa assim que o oitavo ocupante, o irmão mais novo, sempre atrasado, chegou ao salão. Em um português ainda tosco – Sabino não tinha perdido o forte sotaque nem ganhado muito vocabulário neste lado do mundo, mas insistia em falar aos filhos na língua da terra –, explicou o que havia: o tio-avô deles havia morrido e deixara uma pequena fortuna em dinheiro ao ramo sul-americano da família, nada mais que ele mesmo e os filhos. Queria, então, escolher um deles, que tomaria o navio até o Líbano para acertar a papelada e trazer o dinheiro. O velho tinha umas economias, suficientes para bancar a viagem e a estadia em Beirute de uma só pessoa. Como ele já não tinha idade nem disposição para tal jornada, achava que cabia a um dos filhos levá-la a cabo. Nem terminou de expor o caso, o caçula se adiantou:

– Pai, eu vou. Não tenho família, ninguém para sentir falta de mim, deixe comigo.

Ao que o segundo filho, o único formado, farmacêutico, logo rebateu:

– De forma alguma. É uma viagem internacional, o único aqui que tem formação para essa jornada sou eu.

As mulheres permaneciam mudas, o terceiro filho também. Logo o mais velho tomou a palavra:

– Eu nem discuto. Sou o mais velho, quem vai sou eu.

– Porra nenhuma! – O terceiro rompeu o mutismo, tomou coragem e ainda botou banca. – O único que fala um pouco de árabe aqui sou eu. Diga a verdade, baba (era assim que chamava ao velho pai), eu é que devo ir e falar com os parentes, sempre me interessei pela família, o único aliás.

– Puxa-saco, isso sim! – subiu o tom o caçula. Ao que o mais velho não deixou barato:

– Respeito, moleque!

– Quem é moleque, ora essa? – colocou o segundo. – Você só fez cagada na vida, agora o mano é que é moleque?

– E você, com esse negócio de roupinha branca, nunca me enganou – emendou o terceiro.

O caçula já ia falar, quando se ouviu um estrondo. O velho Sabino deu um tapa na mesa, com sua mão de quase um metro quadrado, que calou a todos. O patriarca levantou, olhou fundo nos olhos de cada um dos quatro filhos e sentenciou:

– Butaquebariu heranza!

Os filhos se entreolharam, as mulheres permaneciam congeladas. O pai, então, fez um aceno de cabeça, deu um boa-noite coletivo e curto, e foi dormir. Em silêncio, os filhos foram se levantando, e dois minutos depois, a casa estava vazia.

O sol nasceu quando o velho Sabino abria a primeira das duas portas do armazém botequim. Pediu desculpas ao primeiro freguês por ter fechado mais cedo na véspera e tocou a vida. Nunca se soube o que foi feito da pequena fortuna deixada no Líbano. Ninguém jamais perguntou.

Bahiano

– Filho, não se esqueça: quando chegar a São Paulo, não ligue para o que vão falar de você. No começo é assim mesmo, até se adaptar à cidade grande vai um esforço, seja firme.

Aquilo foi o mesmo que dizer "Alerta!". A mãe tinha conseguido lembrá-lo de algo que não passava por sua cabeça: como ele seria visto e tratado na capital paulista, vindo como vinha, do Recôncavo Baiano? Foi ao espelho, de que, aliás, já gostava muito. Olhou-se bem, não estava lá com a aparência muito ruim. Era um jovem até que bem-apanhado, não fosse a barba rala por fazer, poderia se considerar bonito. Mas a roupa... Ah, como conseguia ser tão simplório o jeito com que os homens se vestiam por ali. Assim, era óbvio que todos os paulistanos iam enxergar nele o sobrinho enjeitado de Corisco e Dadá.

Precisava fazer alguma coisa. Mas naquele momento, a única coisa que conseguiria fazer era juntar o que faltava. Estava a poucas horas de ir embora, sairia no ônibus das 8 da manhã, só tinha tempo de acabar de fazer a mala, deixada quase pronta pela mãe, verificar se os poucos livros e os cadernos, canetas e lápis estavam todos prontos para a nova fase de estudos na grande universidade do país e, finalmente, viver o último jantar em família antes da jornada.

Foi difícil, depois da sobremesa e dos choros velados, pegar no sono. Uma São Paulo monstruosa passeava por sua cabeça, cheia de arranha-céus altíssimos, viadutos e multidões. Chegou a sonhar que estava num imenso ônibus de quatro andares que deixava as pessoas nos tetos das casas.

No dia seguinte, acordou de madrugada, a mãe já estava com o café pronto, o pai olhava a todo instante para o relógio, a irmã escondia a cara de choro. São Paulo estava prestes a ver um baiano cidadão à altura da metrópole. A seu material acadêmico, havia juntado uns cinco ou seis exemplares das revistas Manchete e Fatos & Fotos para ir se inteirando do modo paulistano de se vestir e se comportar. O fato de as revistas serem cariocas era apenas um detalhe: cidade grande era cidade grande.

Durante os quase três dias de viagem, conseguiu ler as revistas inteiras, fascinando-se com o modo de ser da gente da cidade grande. Teve tempo também de ler alguns capítulos importantes do livro de bioquímica e, mais do que tudo, dormiu bastante.

A estação rodoviária era enorme, toda forrada de pastilhas coloridas, algo que devia ser o grito da moda dos construtores locais. Dali, foi direto à pensão cujo endereço já trazia da Bahia, com os devidos entendimentos. Seria uma moradia provisória, até ter recursos para dividir um apartamento com algum colega de escola – ou até com uma namorada paulistana, coisa ainda difícil de admitir lá no Recôncavo.

A dona da pensão foi muito acolhedora e, depois que ele se acomodou e tomou um banho, deu-lhe algumas dicas sobre a cidade. Ele queria saber mesmo onde podia comprar algumas roupas mais condizentes com a Pauliceia. Tomou alguns endereços de lojas do centro em que o preço e a qualidade faziam um bom par, estudou intensivamente as revistas e foi às compras.

À noite, espalhou o produto do primeiro passeio sobre a cama e escolheu o que vestiria para o passeio do dia seguinte, na Avenida Paulista, conselho da dona da pensão. Na hora do jantar, ouviu mais alguns conselhos sobre o que visitar. Depois, fez uma escala em frente à televisão e foi dormir.

Pela manhã, tomou um longo banho, que chegou a gerar mau humor em um dos hóspedes, mais apressado, e vestiu-se como um paulistano se vestiria. Sentia-se um cidadão da metrópole, do mundo. Mais cor, mais estilo, nada ali fazia lembrar a indumentária provinciana que costumava vestir até dois dias antes.

Desceu do ônibus na esquina da rua da Consolação com a avenida Paulista. Dali, apenas três quarteirões o separavam da esquina com a rua Augusta, polo magnético da cidade. Foi caminhando devagar, notando que muitas garotos – e até alguns rapazes – olhavam com atenção para ele. O que não fazia uma gola olímpica, uma cor quente e uma calça mais justa? O salto podia ser um pouco mais alto, por que não? Atravessou a rua Haddock Lobo e já ia chegando ao Nacional quando o sinal fechou. O pesado ônibus elétrico então foi passando vagaroso à sua frente, quando uma cabeça sorridente apareceu de uma das janelas e gritou para ele:

– Aí, baiano!

Como ele sabia?

Em alguns dias, ele descobriu que, naquela cidade ambígua, "baiano" não era necessariamente designação de origem. Em compensação, descobriu também que a elegância do Recôncavo e a da Pauliceia Desvairada, no fundo, eram a mesma.

Niterói

O começo dos anos 1960 concentrou certa alegria na cidade de São Paulo, tempos de autoafirmação da metrópole caipira. De resto, o Brasil que se urbanizava já respirava os bafos da modernidade que emanavam do Hemisfério Norte. O Rio de Janeiro era cosmopolita, cidade do mundo, esperança para o resto do país.

A moça menina vinha exercendo uma das novas conquistas da mulher da época: dirigir pela cidade. Depois de conquistar duramente o reconhecimento do direito de trabalhar – algo difícil de entender para o pai, imigrante italiano, protetor e repressor na mesma medida – ela já estendia suas conquistas: tinha tirado carta com pouco mais de 20 anos. Agora, conduzia o fusca bege 1962 para lá e para cá.

Certo dia, foi visitar uma amiga em Perdizes. Não era exatamente sua área de maior familiaridade, mas tinha uma noção básica de como chegar lá. Com a naturalidade possível, pegou o carrinho e saiu lá dos baixos do Itaim Bibi para a montanhosa região da casa da amiga.

A experiência de guiar em ladeiras não era a mais fácil do mundo, mas isso ela era obrigada a reconhecer apenas para si mesma. Foi desbravando os caminhos, as subidas íngremes da Cardoso de Almeida, as travessas todas iguais (qual era mesmo a da amiga?), as descidas a seguir.

Às tantas, acho que tinha reconhecido a rua certa. O fusca bege não tinha ainda o tão simples pisca-pisca que os carros trazem hoje. Ela, esforçada, coloca o braço para sinalizar que viraria à direita e vira.

Acontece que justamente aquela travessa da Cardoso de Almeida era contramão. E acontece, também, que estava ali um guarda.

Claro, ele apita e a faz parar. Ela abre o vidro e, a pedido dele, lhe mostra os documentos do carro e sua carteira de motorista (não disfarça o orgulho desta última).

O guarda ia começar o sermão, antes de sacar o talão de multa. Pergunta:

– A senhora não viu a placa?

Ela, sem ter muito que dizer, recita um pedaço de um samba antigo, recém-descoberto, num tom de explícita brincadeira:

– Ô, seu guarda, eu não sou daqui, eu sou de Niterói!

O policial, cansado, pensa um minuto e diz:

– Bom, eu não vou multar a senhora. Mas presta atenção da próxima vez. O trânsito em São Paulo é bem mais complicado.

Ela agradeceu. Ao guarda e ao finado Wilson Batista, de samba tão inspirado.

Ippon

Aquilo não só era como parecia mesmo ser o outro lado do mundo.

Para ela, dançar era a vocação, desde menina, desde sempre, e a tinha levado a muitos palcos, dos palcos pretensos da escola aos de verdade, de linóleo, de xises de marcação, de diretor, iluminador e plateias. De muitos em muitos, foi atravessando fronteiras, primeiro as suas, do corpo, dos movimentos obrigatórios e os limites do bem-feito; depois os movimentos criados e os limites a recriar. Havia construído um espaço próprio e reconhecido.

E ali, o Japão. Algo lhe tirava a calma, e não era o muito diferente, era a pouca verba. Seu grupo havia saído do Brasil com o dobro de participantes e nenhum acréscimo ao já modesto provisionamento financeiro. E eram duas as cidades a visitar. Num lugar em que nem mesmo o trem era barato, o cenário era de provação.

Mas como tudo depende de postura, ela foi resolvendo. Desceu do trem na nova cidade como se a privação de uma refeição diária fosse conceito: cabeça erguida, foco no esterno e mãos ao céu. Uma pessoa os recebeu na estação – quase uma surpresa, naquele lugar de não contato – e os conduziu a uma grande van, que acomodava os bailarinos todos e ainda o guia e o motorista. Sentiu pela primeira vez, naquele país, algum tratamento de artista.

Pouco menos de meia hora depois, o grupo já entrava no grande salão em que seria visto o mestre. Outros grupos foram chegando e se postando de modo que, sem que ninguém precisasse sinalizar, se formasse uma grande roda. Em seguida, um homem de roupas comuns caminhou até o centro dela e quebrou o silêncio, anunciando a chegada daquele que todos esperavam.

Foi então que se viu entrar por um dos lados do grande salão, rompendo a roda, um grupo de quatro homens segurando uma espécie de liteira, na qual se via sentado o mestre. Ele já passava dos 90 anos, mas o fato de não entrar andando no salão causou um desconforto na bailarina que atravessara o mundo com outra expectativa. Em seguida, seus temores se confirmaram: ele teve de ser amparado para dar os dois passos que separavam a liteira de uma cadeira de espaldar alto colocada bem no centro do recinto.

Acomodado ali, perpassou o olhar pelos que estavam ao alcance de sua vista. O rosto era bem sulcado pela história e, de fato, não mostrava a serenidade dos velhinhos quites, mas um perguntar de quem quer mais, uma prospecção de minerador jovem. Buscava outro brilho. Outro brilho, ela recuou quase meio metro, embora mantivesse os pés colados ao chão. Foi em seus olhos que a procura do velho bailarino pousou. Chamou-a com um gesto rebuscado da mão direita. Ela nada decidiu, apenas obedeceu e se aproximou.

Postou-se a um passo da cadeira. Ele a mediu com olhar severo e, então, fez um gesto que era mais que uma ordem, era uma condução. Ela girou suavemente em torno de si mesma e fez o olhar voltar a ele. Um novo gesto a fez mover o braço direito para o alto, o que recebeu dele um olhar de clara reprovação. Sem abrir a boca, com um gesto vigoroso, ele a fez refazer o movimento. Ela refez. Ele queria mais. Um novo gesto, um novo olhar, e ela fez um movimento novo, diferente do que sempre havia aprendido, desarticulado mesmo. Ele assentiu, com expressão de "até que enfim". Ela ensaiou um novo gesto, ele a olhou e parou. Fez um meneio de cabeça, e ela recomeçou. Com as mãos ao ar, ele conduziu um duplo giro e a trouxe de volta. Tocaram-se os dedos. Mais um giro, e ela se sentiu conduzida à queda segura, como num átimo de tango. Viu-se, então, recostada no colo do velho, os braços dele segurando sua cabeça; os olhos, fundos nos seus. Depois de uma pausa longa, ele aproximou seus lábios dos dela e deu-lhe um longo beijo.

Ato contínuo, ela estava em pé. Ainda mereceu uns segundos do olhar severo, que logo escolheu outro discípulo. Levou algum tempo tentando lembrar onde havia se livrado de sua vontade.

Conversa

– Essa sua caminhonete gasta muita gasolina, num gasta? Eu sei como é, o dono da Santo Antônio tamém tem uma, é gastona que só ela. Tamém, em estrada de terra, o bicho tem que ter motor; se tá seco, é por caso do areião; se chove, é por caso da lama. Não dá pra confiar em caminhão, caminhonete, trator que não seja pronto pro tempo que vier. É, eu guiava aquele bichão pro dono da Santo Antônio, era uma beleza em qualquer estrada, asfalto, terra, lama, até mato, se não fosse assim mato fechado, ela abria mesmo. Mas tamém, ia daqui até Catanduva, e na volta o ponteirinho já tava pedindo mais, que o tanque já tava esgotado. Três marcha, assim que nem a sua, mais a marcha a ré. Olha, pro senhor ver o quanto a bicha gastava. Uma vez eu precisei ir até Taquaritinga, tratar de um assunto meu, coisa de dinheiro. Pois o menino lá do dono da Santo Antônio gostava que gostava de andá na caminhonete; sempre que eu saía com ela, ele queria vir junto, e naquele dia foi a mesma coisa. E lá fui eu levando o garoto comigo, ele feliz da vida, menino de 6 ano, quer saber tudo. "Que que é isso?" pra cá, "que que é isso?" pra lá, até que nós chegou. Era em Taquaritinga, mas não na cidade, era uma chacrinha logo ali na entrada. Eu cheguei, desliguei, puxei o breque de mão e ainda deixei a marcha engatada. Pedi pro menino: "Olha, fica aqui me esperando no carro, que o assunto lá é de dinheiro, conversa de gente grande, me espera aqui, e não mexe em nada". Ele só me perguntou se podia sentar no lugar do motorista, e eu disse: "Pode, mas não vai mexê em nada", e ele ficou feliz da vida lá, virando a direção que nem se tivesse guiando uma jamanta. Eu entrei na casa do homem com quem eu tinha de conversá um assunto de umas leitoa que eu criava por conta, era na Santo Antônio, mas era minha, as leitoa, e eu acabei vendendo pro hôme ali, e ele me pediu uma semana pra pagá, e já tinha quase um mês, e nada. Ele chorou as pitanga, disse da saúde da mulher, do comprador do milho que não tinha pago, até do imposto ele falou. O senhor não é do governo, né, moço? Ah, bom, então, ele reclamou, se lamuriou, acabou me dando metade do dinheiro e prometendo a outra metade só pro fim do mês, e eu aceitei, fazer o quê? Melhor um passarinho na mão, depois eu vinha cobrá de novo. Voltei pra caminhonete e, olha só, o menino continuava ali, virando a direção e imitando o barulho do motor, já tava até suado, imagina, mais de uma hora brincando! Entrei pelo lado do motorista, o garoto foi pro lado do passageiro e já foi logo pedindo: "Quando chegá na fazenda, posso brincá mais?", e eu disse: "Aí lá é com seu pai, que é o dono da caminhonete", e ele feliz da vida. Bom, liguei a chave, apertei o botão da partida, e nada do carro pegá. E aperta, e nhé-nhé-nhé, o motor de arranque girando, e nada do bicho pegá. E dá-lhe girar aquele negócio, e nada! Eu cocei a cabeça, pensei um pouquinho "Será que afogou?", mas não podia, e eu fiquei enquizilado. Aí foi que eu senti um cheiro conhecido, vindo do lado de fora, e eu vi que o cheiro tava forte: era cheiro de gasolina! Mas forte mesmo, viu, moço, aquele cheiro de gasolina vindo do lado de fora, o que será isso? E eu desci da caminhonete pra ver o que era. Quando eu olho pro chão, aquela manchona embaixo do carro! Gasolina, pura gasolina empapano a terra. E eu pensei: "Donde vem essa gasolina, meu Deus?", e aí passou uma coisa pela minha cabeça. Eu abri a porta e perguntei:

– Ô, menino, como é que ocê tava brincano aí enquanto eu tava lá dentro?

– Ué, eu tava brincano de guiá, ora.

– Então, brinca mais um pouquinho pra eu vê.

Pois o menino veio até o lugar do motorista e mostrô: ele ficava virano a direção e pisano no acelerador! E não é que ele pisou e tanto que pisou que desvaziou o tanque? É sério, moço. Opa, já tô chegano no meu canto, pode pará logo ali na porteira. Muitobrigado, viu? Uma beleza sua caminhonete!

Gazeta

Não era a primeira vez, mas naquela, o diretor de criação estava bastante irritado. O diretor de arte, que ele havia contratado há coisa de três meses, mais uma vez, chegava ao trabalho no começo da tarde – e com cara evidente de noite maldormida. A pergunta, inútil, se fazia, no entanto, necessária:

– O que aconteceu?

Dos olhos baços, sonolentos, como se aquelas quase duas da tarde fossem uma espécie de madrugada e o diretor de criação um despertador sem parar de tocar, o diretor de arte decidiu se explicar. Talvez não fosse fácil, mas o chefe foi, mais uma vez, todo ouvidos. O começo foi o esperado: o cara era estrangeiro, inglês, estava se adaptando ao Brasil.

– Vocêi sábei comow ah djifícil pra meem!

O diretor de criação, então ouve. Afinal, o sujeito tinha sido recomendado por colegas bacanas, a pasta era boa – e ele não podia assumir que havia fracassado naquela contratação. Resta perguntar:

– O que houve?

– Encontrei um amigo. Um inglês, entêndji? Eu não o conhecia, encontrei num bar, e ele me convidou pra tomar um saideiro na casa delley.

– E?

– E ficamos conversando até umas duas da manhã, quando eu falei que precisava ir embora, tinha de trabalhar, até falei que você era muito egzigêntxi.

– (Suspiro)

– Era muito tarde, eu tinha de ir até Moema, você sabe. A gente estava nos Jardgins. Aí, ele me disse: "My friend, pega um táxi. Mas você precisa estar prowtedgeedo!". E aí ele me emprestou 30 reais e um taco de baseball pra eu me proteger.

– Um taco de baseball?

– Isso!

– E?

– Eu fui a Moema a pé. Quasay dooas horas!

– Uai, não passou nenhum táxi?

– Passaram uns quatro ou cincow! Mais! Mas nenhum parava, tudo muito estranhow! Ainda bem que eu estava com o taco de baseball, andando mais de uma hora a pay, dji madrugada! Que tem no cabeça esses taxistas?

– Talvez eles não gostem de baseball. A polícia não te parou?

– Nawn, nawn.

– Menos mal.

Cores

A fotografia era uma arte muito diferente do que é hoje. Até o fim do século 20, os fotógrafos profissionais não consideravam a ideia de que chips substituiriam negativos; de que placas eletrônicas substituiriam os filmes; de que pixels seriam mais precisos que os grãos de sais de prata que gravavam tão fielmente luz, sombra e cor. Em 1990, o que valia era o processo lento e cheio de suspense que ia do iluminar ao clique, depois à revelação do filme, em seguida à ampliação em papéis que, por si mesmos, já eram obras de arte.

O exímio fotógrafo havia tomado duas decisões importantes naquele ano (algo entre 1990 e 1995): mudaria tudo em seu pequeno estúdio e dedicaria parte de seu talento e engenho à publicidade. Afinal, gente com a sua capacidade técnica era rara, e os que a tinham ganhavam pequenas fortunas a cada trabalho. Continuaria com sua obra de registro de arquitetura e com uma linha de trabalho muito particular: gente.

Naquela época, jovem ainda, já havia conquistado o respeito e o reconhecimento de seus pares – muitos deles tinham, de carreira, mais do que ele tinha de idade – e da academia: boa parte de seu trabalho era incensado nas melhores faculdades de arquitetura do país. O ingresso na propaganda lhe traria duas tensões a administrar: o mau conceito que seus colegas de trabalho e academia faziam daquela atividade mundana, face enfeitada do mais cru capitalismo, e o altíssimo nível de exigência que os diretores de arte a serviço dela mantinham.

Não demorou a que aparecesse o primeiro trabalho. Melhor: era um trabalho simples, uma foto still de um cartão de crédito para um anúncio. O problema era o de sempre: o produtor da agência tinha pouca verba (o que, para ele, não seria um problema, já que naquele tempo se pagava muito mais por uma foto publicitária do que por uma de arquitetura) e pouquíssimo prazo.

Organizou tudo no estúdio, recebeu diversos cartões para escolher o mais adequado para a foto, sem riscos ou defeitos – pelo tempo, não seria possível fazer um mock-up em escala grande, o que era o mais recomendável, dado o tamanho que o cartão teria no anúncio –, acertou a luz, escolheu a câmera – uma Hasselblad para cromo 6 por 6, um primor em óptica e mecânica – e mãos à obra.

Terminou de clicar de madrugada e deixou todas as recomendações para o assistente que revelaria os filmes no dia seguinte, a tempo de que chegassem ao produtor gráfico ainda na hora do almoço, para que ele mandasse à gráfica para a preparação dos fotolitos. Tudo andava no ritmo previsto, e sua carreira de fotógrafo publicitário começava naquele dia.

Naquela manhã, ligou para o estúdio para reforçar as recomendações ao assistente e à secretária a fim de garantir que tanto o processo técnico da revelação dos cromos quanto a logística de seu envio à agência (esses tempos analógicos eram tão diferentes) seriam seguidos à risca. Saiu então para fazer o que mais gostava e menos rendia: fotografia de arquitetura. Passou o dia inteiro fora, câmera na mão, projetos na cabeça, consciência leve pelo dever cumprido durante a madrugada.

Voltou para o estúdio perto das 5 da tarde. A secretária mal o deixou passar da porta. Haviam ligado da agência dizendo que a prova do anúncio tinha um problema sério, que ele os procurasse o quanto antes. Ele ligou na mesma hora. O produtor atendeu entre apressado e grosseiro, e lhe disse que o cromo estava totalmente fora do padrão de cor. O cartão de crédito estava muito bem fotografado, bem iluminado, até a sombrinha lateral havia dado um charme adicional à foto, mas a cor! O cartão era verde e, na foto, estava no máximo verde-água, um cinza-claro esverdeado! Como ele não tinha visto aquilo? De fato, ele não tinha visto o cromo depois de pronto. Depois do clique, havia confiado o resto do processo ao assistente. Mas o jovem já estava com ele havia pelo menos dois anos, e o trabalho sempre tinha saído impecável. Correu para a agência para ver o que tinha acontecido.

Chegou lá já pronto para o pior. E o pior havia acontecido: a prova de fotolito era incontestável, o cartão, verde como todo mundo o conhecia, naquela foto estava algo que apenas timidamente lembrava a cor original. Era um cinza azulado, com algo levemente esverdeado, mesmo assim mais para o verde-água.

O fotógrafo imediatamente pegou aquilo e disse que ia refazer na mesma hora, sem custo, que o que quer que tivesse acontecido ele saberia depois, o importante era ter a foto na cor certa. Correndo de volta ao estúdio – e torcendo para que ele ainda estivesse montado para a foto – pensou o que poderia ter acontecido. Era impossível seu assistente ter errado daquela forma na cor do cromo. Será que era efeito do sono, da madrugada? Mas eles já tinham passado por situações assim antes.

A primeira coisa que fez ao chegar foi mandar que se armasse de novo o estúdio para a foto. A segunda foi chamar o assistente a sua sala e mostrar a ele a prova de fotolito. O jovem estava com os olhos arregalados. Perguntado sobre os procedimentos, garantiu que os havia seguido à risca. E a cor? Como ele podia ter errado daquele jeito, o que tinha acontecido?

O quase menino, então, gaguejou. Deu voltas, disse que era esforçado e que tinha aprendido muito naquele par de anos, que era capaz de proezas com películas, com as químicas do laboratório, que se considerava já um craque da câmara escura, mas que tinha uma limitação. Algo que, até aquele momento, não tinha atrapalhado em nada o trabalho.

Respirou e confessou: era daltônico.

Até aquele trabalho, isso não havia atrapalhado muito. A maioria das fotos de arquitetura que o chefe fazia tinha muito pouca cor – basicamente o céu, cujo azul, mesmo para um daltônico, não era difícil de acertar, desde que se aprendesse uma primeira vez, e se repetisse aquele mesmo tom de cinza – azul, para os outros mortais – outras vezes. Como se sabe, arquitetura modernista escapa pouco do cinza do concreto e das paredes brancas completando as fachadas e interiores.

Não demitiu o menino. Teve tempo ainda de virar mais uma noite e, na manhã seguinte, entregar o cromo na cor certa. O atraso foi, como sempre, compensado pelo pessoal do fotolito, acostumado a esses incidentes. A partir daquele dia, seu assistente passou a cuidar apenas das fotos em preto e branco – o que fez com maestria ao longo dos poucos anos em que a foto analógica ainda imperou. Depois, o photoshop e a foto digital o levaram ao ramo da contabilidade.

Tiradentes

Amigas em Tiradentes. Amigas recentes, é verdade, mas amigas. A que já conhecia a cidade histórica fazia questão de mostrar à outra, nova naquele cenário meio caipira, meio máquina do tempo, com um século 18 que é mais mito do que arquitetura, as maravilhas que a cidade oferecia. Uma dessas maravilhas já era anunciada desde a saída de São Paulo. Havia uma casa antiga na cidade que servia um chá maravilhoso, com diversas opções de bolos para acompanhar. Ir a Tiradentes e não tomar o chá com bolo era pecado capital.

Depois de muito circular pela pequena cidade histórica – tinham reservado três dias só para ela, o que talvez fosse um pequeno exagero –, era chegada a hora do chá com bolo. A amiga guia não se lembrava exatamente de onde era, afinal, quatro longos anos a separavam daquela experiência quase esotérica. Mas sabia que uma ou duas voltas pela cidade a levariam até lá.

Três ou quatro voltas depois, a amiga guia decretou: "Ah! É aqui!". À outra restou apenas o alívio de terminar uma caminhada que parecia não ter mais fim. Pela janela da casa simples e antiga, já se podia ver uma única mesa pesada, com uns oito lugares, a madeira que lhe dava ares de ancestralidade, de ter mesmo apoiado um prato para Gonzaga ou para o padre Rolim. Curiosamente, não havia ninguém sentado ali. Melhor para elas.

A porta lateral estava aberta, as duas entraram e se aboletaram no longo banco que servia a mesa centenária. Demorou a aparecer alguém. As duas relevaram: no interior o serviço é sempre mais lento que o de São Paulo, mas com o tempo eles se civilizarão, elas tinham certeza.

A senhorinha apareceu à porta com um olhar assustado e pronunciou um "Pois não?". Imediatamente, a amiga guia cortou a intenção da outra de dizer o que queria e determinou: "Nós queremos duas xícaras de chá preto e dois pedaços de bolo. Mas daqueles que só vocês têm, hein?". A mulher fez um gesto de assentimento, ainda com os olhos arregalados e interrompeu a pergunta que ia fazer, já que a conversa das duas turistas seguiu em frente.

Uns quinze minutos depois, a amiga guia já se impacientava, quando a outra, contemporizando, lembrou a lerdeza dos comerciantes do interior e a delícia de estar naquele lugar de aparência bicentenária. Madeira de lei, certamente, compunha aquela mesa pesada. Mal terminou o comentário, a senhorinha chega com uma bandeja que trazia duas xícaras de chá preto e dois pratos de sobremesa, cada um com uma fatia generosa de um bolo caseiro.

Não era exatamente o que a amiga guia esperava – as xícaras não tinham o mesmo charme de antigamente, os talheres estavam desencontrados, as fatias de bolo eram menos generosas –, mas a conversa seguiu até que o chá e as fatias de bolo desaparecessem por completo, bem antes do assunto.

A amiga guiada se apressou a elogiar a amiga guia pela dica, enquanto esta guardou para si a certeza de que era uma provedora de revelações.

Na hora de sair, nada da senhorinha ou de qualquer outra pessoa aparecer. Sim, as duas viajantes sabiam que era assim mesmo, os garçons sumiam sempre quando se precisava deles, esses pontos turísticos do Brasil precisavam ser mais bem cuidados. Mas, enfim, Tiradentes não era São Paulo.

Impaciente, a amiga guia se levantou e propôs à outra que pagassem a conta na saída. Assim que se levantaram, a senhorinha apareceu. "Nossa, estávamos esperando pela senhora há uns quinze minutos", reclamou. A senhorinha apenas meneou a cabeça. "Nós queremos saber quanto devemos", continuou a amiga guia.

– Como assim? — perguntou assustada.

– Ora, a nossa conta, quanto a gente deve pelo chá com bolo?

Depois de uns segundos de silêncio, a senhorinha respondeu:

– Uai, nada!

– Como nada? Nós tomamos o chá, comemos o bolo...

– Uai, as senhoras pediram, eu trouxe.

– Sim, nós sabemos. Aliás, demorou um pouco e não foi tão bom quanto a gente esperava — colocou com alguma rispidez a amiga guia.

Ao que a senhorinha clareou:

– É que, sabe, moça, essa é a primeira vez que alguém entra aqui em casa pra pedir chá com bolo. Eu trouxe, achei que a gente ia pelo menos conversar um pouco.

Não era a casa de chá, era a casa da senhorinha. Mas depois de uma meia hora de prosa, ficou tudo resolvido. O chá e o bolo ficaram por conta da dona da casa; a prosa por conta da amiga guia; e a experiência, impagável, sobrou para a amiga nova. Voltariam, certamente.

Arco

Como é que alguém pode escolher o contrabaixo como seu instrumento de devoção, ou de profissão, ou de denodo? É tudo difícil, grande demais e muito baixo no que toca, naquela área da escala que o público comum quase não ouve. O baixo é, enfim, um injustiçado. Entre o que entrega (em música) e o que recebe (em ovação), há um vale inteiro de injustiça. Mas.

Que tempos. Aquilo não ia acabar bem. Camicie nere, o rei posto de lado, o povo indo embora, os que ficaram iam entrando numa encrenca. Que Itália era aquela? Que guerra, aquela?

Clarone é um metal. Toca na parte mais baixa da escala; para leigos, parece um saxofone gordo. Era o instrumento que ele tocava, com bastante brilho, suficiente inclusive para ser o claronista da banda.

As coisas estavam cada vez mais difíceis. Às tantas, o tal Duce levou a Itália à guerra, com toda a convicção, chamando todos os italianos ao combate. Todos os jovens deveriam se alistar. Todos menos os que tocassem instrumentos musicais e que pudessem compor alguma das orquestras que o regime incentivava. Alguém jogava uma boia, bem na hora em que o afogamento era certo: ele tocava clarone, e muito bem. Mais que depressa, foi procurar a orquestra que se formava ali perto, na cidade mais importante de seu paese.

Chegou lá com o instrumento no estojo, pronto para prestar todos os serviços necessários à música. O regente o recebeu com cara triste. Clarone? Já há três clarones em nossa orquestra, mais até do que caberia por aqui, que pena. Que pena mesmo!

O claronista já antecipava as balas zunindo, o capacete varado, quando o maestro falou:

– Se fosse ainda um contrabaixo...

– Como?

– É, não tem nenhum contrabaixista.

Do sopro divino às cordas da salvação, o claronista não teve dúvida: "Contrabaixo! Contrabaixo é o meu vero instrumento". E prometeu voltar em uma semana e resolver o problema do maestro. O seu primeiro problema era achar um instrumento. O segundo – ou talvez tão primeiro quanto o outro – era transpor rapidamente a destreza dos lábios e dos dedos com o bocal e as chaves do clarone para os mistérios das cordas e do arco do contrabaixo. Sem contar o tamanho.

Os tempos de guerra ajudaram. O apavorado claronista logo procurou o contrabaixista da banda local que, como ele previa, precisava de um dinheiro rápido, e não opôs muita resistência a colocar seu instrumento nos cobres. Contrabaixo na mão, música é música, em poucos dias o homem do clarone se apresentava ao maestro local como contrabaixista. Com instrumento e tudo.

Do clarone ao contrabaixo, deu certo. Ao menos para o seu dono escapar da Abissínia.

Belíssimo contrabaixo. Deu a ele uns poucos vexames, umas caras feias do regente, mas não tinham chegado a tocar em Milão, nem mesmo em Nápoles. Terminada a guerra, ele tinha nas mãos um instrumento que quase mitigava a derrota da bota. Um grande contrabaixo. De pai, passou para filho. Filho contrabaixista, a seguir a carreira atávica. Mas – o mas de sempre – o filho não tinha lá a mesma habilidade do pai, e tinha o contrabaixo. A tentação de vender foi grande.

Apareceu o professor, que acabou comprando o instrumento por preço de pensão e refeição. Um instrumento que, para ele, não deveria nunca ser vendido. Mas, já que apareceu, e a preço tão convidativo, por que não comprar? Um belíssimo contrabaixo, mesmo para os ótimos padrões da Itália.

Para que estudar tanto? Para que deixar o trabalho que o primo havia arrumado no mercado financeiro, senha possível para um futuro de prosperidade? Para que ficar 10 horas por dia com aquela madeira desajeitada entre os braços? São Paulo era o centro financeiro do país, mas também tinha se tornado o centro musical deste vasto Brasil. E era de música que ele gostava.

Mas, ao contrário dos amigos, não se contentava em tocar bossa nova num violãozinho descolado para animar uma roda ou uma festinha. Seu negócio era música erudita. Sua intenção era tornar-se músico profissional. Seu instrumento: o contrabaixo. Sim, o enorme e sisudo contrabaixo – o que já representava um desafio logístico para a continuidade de sua carreira. Estudava com afinco, que se lhe faça justiça. Mas até ali ainda não tinha seu próprio instrumento. Àquela altura, usava um alugado, que pagava com a própria mesada. O pai já o havia avisado que não via nada de errado em o filho ser músico, e não advogado, como eram os homens da família há muitas gerações. Mas não pagaria para isso. Então, ele seguiria o que quisesse depois do colégio, inclusive a música, mas não teria dinheiro extra da família em instrumentos, mensalidades ou o que fosse além de casa, comida, roupa lavada e uma pequena mesada, justa e espartana.

Havia algo além da mesada: assistência médica. O pai insistia para que cada um dos filhos se cuidasse, cobrava ida regular a check-ups, dizia sempre que prevenir era a melhor cura. Claro, bancava tudo. Justamente por insistência do velho, o filho músico havia marcado uma consulta ao dentista, onde ele não aparecia havia quase um ano – algo inaceitável para os critérios da família. Ele tinha seus motivos para tanta demora. Detestava aquela sala de tortura, aquela produtora de suplícios que deixaria fascinado o próprio Torquemada. Talvez preferisse uma daquelas máquinas de esticar corpos ao barulhinho agudo da broca elétrica ou ao cheiro da xilocaína que preparava a agulha do anestésico. Mas, enfim, era preciso.

Na sala do dentista, buscava sempre puxar assunto. Não que gostasse muito da prosa daquele sujeito de bigodinho curvo nas pontas, óculos de armação de metal e perfume de

Aqua Velva (dentistas deveriam ser obrigados a obedecer a um código de conduta que regulasse severamente seus perfumes), mas é que a conversa adiava um pouco a sessão de tortura.

Naquele dia, o dentista tinha um assunto especial para ele. Nada a ver com os elogios ao pai ou as questões internacionais (ele era irritantemente republicano). O papo era música.

– Você continua estudando música?

– Continuo sim.

– Contrabaixo, não é?

– Contrabaixo.

– Acho que eu tenho uma coisa que pode interessar a você.

Como esticar a conversa sempre adiava a sessão de tortura, ele mostrou especial curiosidade.

– Que bom, o que é?

– Um contrabaixo.

– O senhor toca?

– Não, imagine, meu interesse é a odontologia. – Depois de pigarrear, temperou seus interesses. – E, depois, a ciência em geral e a política internacional. Mas acontece que recebi uma herança da Itália, de um velho primo que morreu lá e era músico. Contrabaixista. Sei lá por que esse pedaço da herança veio para mim. Coisa de família grande; acho que me confundiram com alguém mais que veio para cá, enfim. Outro dia, chega um aviso sobre um frete endereçado a mim, entregue no porto de Santos. Mando buscar, chega uma embalagem quase do tamanho de um carro, e era o quê? Um contrabaixo. Abre bem a boca.

Não tinha jeito, a sessão de tortura ia começar, mas ele tentou, já de boca aberta, um "e aí?".

– Contrabaixo?

– Sim. E dos bons.

A partir dali, meia hora de Torquemada, com perspectiva de regularização da tortura.

– Temos aí umas quatro sessões pela frente.

– Sim, mas e o contrabaixo?

O dentista entendeu que podia ali se livrar de uma espécie de mico e, ao mesmo tempo, atender um cliente fiel e colocar o mico nos cobres.

– O contrabaixo está em minha casa, se lhe interessar podemos combinar uma visita.

Interessava. Vinham da Itália os melhores contrabaixos, talvez esse fosse uma possibilidade de ele ter seu próprio instrumento de qualidade.

Combinaram.

Tocou a campainha e foi muito bem recebido. Levava algo que achava importante: o arco. Violinos, violas, violoncelos e contrabaixos são instrumentos que têm esse parceiro fundamental: o arco, que, passando sobre as cordas, produz o som que todos conhecemos. Não tinha nenhuma indicação de que o instrumento viria acompanhado de um arco em bom estado.

Seu dentista, sorridente, o levou a uma sala no fundo da casa onde estava a herança de família, ainda mais ou menos embalada na enorme caixa de papelão que havia atravessado o Atlântico. Com um gesto, mostrou a ele o instrumento. Estava com as cordas, o que era surpreendente. Mas nenhuma afinação se podia esperar ali. O aspecto geral era maravilhoso. A madeira, o braço, as tarraxas. Aquilo era de primeira.

Umas batidas com as pontas dos dedos sobre a madeira mostraram que aquilo era coisa de gente grande da luteria. Hesitou antes de usar o arco que havia trazido. Pediu ao dentista se podia afinar ao menos uma das cordas, ele não se opôs, que afinasse todas, aquilo estava parado há tanto tempo. Com cuidado, pôs cada corda em seu lugar. Sol, ré, lá e mi. Respirou, tomou o instrumento e, com o arco que tinha trazido de casa, tocou. Não precisou de mais de três notas para entender que aquele era o seu contrabaixo. Sem muita malícia, perguntou ao dentista quanto valeria aquilo. A resposta foi uma boa notícia – para alguém de mercado – e uma esperada má notícia para ele – que era um duro.

– Eu faço para você o que estão cobrando por aí por um contrabaixo, sei lá, uns mil, mil e quinhentos dólares.

Naqueles anos ninguém atribuía valor de compra e venda em moeda local, tamanha era a inflação. A referência era o dólar americano, era com ele como referência que se negociavam preços, aluguéis, até salários. Não tinha esse dinheiro, em moeda alguma. Ao mesmo tempo entendeu que o instrumento valia cinco ou até dez vezes mais do que aquele valor. Mais: era infinitamente melhor do que aquele que ele alugava para estudar.

– Mil, mil e quinhentos dólares? Vou pensar, é meio caro pra mim, mas me interessa. Vou pedir só que o senhor não venda sem falar comigo.

– Claro, claro.

Mil e quinhentos dólares. Aquilo era uma floresta de cruzeiros ou cruzados, qual fosse a moeda em voga, era muito mais do que ele conseguiria juntar em meses de sobras da mesada. Mas aquele contrabaixo valia muito mais do que isso e estava na mão dele. O que fazer?

Saiu do dentista, foi para a aula. Não foi bem naquele dia, estava desconcentrado pensando no instrumento. Como arrumar aquele dinheiro rapidamente? Poderia pedir emprestado, mas demoraria anos para poder pagar. Ninguém esperaria tanto. Ok, poderia pedir de presente para a mãe, mas aí o amor próprio já colocava a devida barreira.

Entrou em casa, já noitinha, gritou um oi geral, pelo visto não havia ninguém em casa. Acendeu a luz, e o telefone da sala tocou. Foi atender displicente, já apanhando o lápis para anotar o que certamente seria um recado a dar à mãe, ao pai, a uma das irmãs.

– Alô!

– Primo?

Era a voz inconfundível de sua prima mais velha, toda ela, aliás, inconfundível.

– Ô, prima, mamãe não está. Aliás, não tem ninguém ainda aqui.

– Não, não. É com você mesmo que eu quero falar. Estou precisando de alguém que aguente uma pegada forte de trabalho e pensei em você. Eu pago bem.

Santo telefone!

– O que é?

– Eu fechei um negócio com um cliente grande, dois mil brindes.

– Opa, parabéns!

– Acontece que eu tenho de enviar esses dois mil brindes depois de amanhã, até as 8 da manhã.

– E onde eu entro nosso?

– Os brindes só chegaram do fornecedor hoje, e eu preciso que eles estejam colocados numa caixinha especial, enlaçada numa fita, como num presente, a tempo de serem despachados depois de amanhã às 8 horas da manhã. Estou aqui com os dois mil brindes, as duas mil caixas e as duas mil fitas, já cortadas. Ah, e um monte de papel de seda pra forrar a caixa e amortecer choques.

– E você quer...

– Quero que você faça isso. Vem pra cá agora. Se você acabar tudo no prazo, eu pago 50 centavos de dólar por caixa.

Não! Só podia ser um milagre. Respirou fundo e mandou.

– Por 75 centavos, eu vou agora.

– Sempre negociando... Ok, ok, 75 centavos.

– Mas eu preciso do pagamento à vista.

– Ei, o que mais você quer, motorista pra te buscar? Tá bom, dou o cheque assim que você terminar o trabalho. Mas tem de estar pronto para a empresa de transporte carregar às 8 da matina.

Setenta e cinco centavos. A matemática era simples: 0,75 x 2.000 = um contrabaixo italiano de mais de cem anos!

Não dava mais tempo de ligar para o dentista, mas sabia que ele não iria descumprir o trato e vender o instrumento a mais alguém. Respirou fundo: não dormiria àquela noite e provavelmente boa parte da noite seguinte, se não ela inteira. Mas seguiu para a empresa da prima, não sem antes deixar um bilhete para a mãe contando o porquê do sumiço.

Não havia contado para a prima sobre a dificuldade que tinha de dar nós bem dados. Isso fez com que os primeiros vinte pacotes demorassem muito tempo para ser terminados. Os primeiros cem ficaram bastante toscos. Mas, pela ordem natural das coisas, ficariam embaixo dos demais na pilha.

Seis e meia da manhã, uma hora e meia antes do prazo, ele havia terminado o trabalho e caído ao lado do último pacote. Foi acordado pelo guarda, que anunciou a chegada do caminhão. Duas mil embalagens embarcadas, depois de mais de 30 horas quase ininterruptas de trabalho.

Tomou um café da manhã de viking na primeira padaria que encontrou e foi para casa terminar seu ajuste de contas com o sono.

Quando entrou com aquele sólido em casa, foi um assombro. Os pais e as irmãs se levantaram da mesa do café para ver o que era. Ele calmamente começou a desembalar o objeto, cada tira de fita adesiva, cada dobra do papelão, até revelar o instrumento. Foi um assombro. O pai, que preferia o filho nos bancos do Largo de São Francisco, viu piscar uma ponta de dúvida: se o garoto conquistara aquilo sozinho, o projeto dele poderia ir longe, independentemente das tradições familiares. A mãe era um orgulho só. As irmãs, quase em coro, pediram que ele tocasse alguma coisa. Ele arriscou algumas notas de uma peça de Mozart que estava estudando no conservatório. Foi um assombro. Aquele contrabaixo tinha mesmo alguma coisa especial.

Se os anos passam – e passam –, um bom contrabaixo pode fazer alguma diferença. Ali, fez. Para começar, nas aulas, agora não mais com o baixo alugado: o novo não apenas encantou os professores como também deu ao aluno um novo impulso. Entusiasmo era o que vinha daquele som, o que o fez pular etapas. Em pouco tempo (anos, não meses), tornou-se um contrabaixista maduro, embora jovem de idade. E foi essa idade que o fez tentar um concurso para ser contrabaixista na Orquestra Sinfônica Jovem de São Paulo. O novo regente era uma figura quase ameaçadora, de tão reconhecida e competente (na música erudita é assim: quem é bom dá medo).

Passou em todos os testes, inclusive na conversa com o regente ameaçador. E passou a ensaiar e a tocar com aquele corpo que era uma referência na música sinfônica do Brasil. Num dos ensaios, o maestro parou em certo momento e olhou diretamente para ele, que gelou. Depois de uma pausa tensa, apontou:

– Esse seu contrabaixo é muito bom.

Passado o susto, ele seguiu tocando, mas se perguntando como é que aquele ouvido havia distinguido o seu instrumento entre oito iguais e no meio do som todo da orquestra.

Ponto para o maestro.

A orquestra tinha sido um patamar importante para dois aspectos de sua vida naquele momento: reconhecimento e um salário mensal, o que não era nada ruim. Depois daqueles anos tocando como profissional, a família o olhava não mais como um jovem meio desviado, os amigos o respeitavam como profissional, e seu nome começava a aparecer com algum destaque naquele meio restrito, é verdade, mas importante no meio cultural da cidade.

Embora fosse muito jovem ainda, já achava que tinha de buscar lugares além da Sinfônica Jovem. Aquele era um ciclo que parecia já estar se fechando e pedindo outro. Conversa vai, conversa vem com amigos (tudo isso se passa, é bom lembrar, bem antes dos tempos da internet), descobre que há a possibilidade de conseguir uma temporada nos Estados Unidos, em San Francisco, com bolsa de uma dessas fundações americanas que caçam talentos pelo mundo. Inscreveu-se. Não se sabe bem o quanto a concorrência era intensa, mas o fato é que ele foi selecionado.

Eram tempos de Varig, a companhia aérea do Brasil. Só isso garantiu que aquele imenso e protegido contrabaixo (com embalagem e tudo, dava uma indecência em metros cúbicos) fosse embarcado sem custo extra. Contrabaixo a bordo, a classe econômica não chegou a ser uma tortura.

Não sabia não fazer amigos. Em um mês de aulas já frequentava a casa de três ou quatro colegas de curso e recebia outros tantos em seu mínimo apartamento (mas com terraço e vista, como vale ter e não é difícil achar em San Francisco, desde que se saiba procurar).

Num desses encontros, um de seus amigos novos da escola – americano, mas com pinta latina, talvez mediterrânea – comentou a sonoridade daquele contrabaixo. Mais: disse que o instrumento não era comum. Perguntou de onde vinha. Ao saber que era da Itália, pediu para ver de perto. Combinaram de se encontrar na universidade no dia seguinte.

As salas da universidade não eram aquilo que se vê em filmes americanos, eram mais acanhadas, mas suficientemente confortáveis para se estudar. Naquela manhã, pouca gente andava por ali. O americano e o brasileiro se encontraram no corredor que levava à sala onde o nosso estudante praticava dia após dia. Ali, foi contando ao novo amigo um resumo de como o instrumento havia chegado a ele.

Achou estranha a forma como o sujeito pegou o instrumento. Não era a pegada de um músico, muito menos a de um tocador de cordas. Examinou o contrabaixo como se fosse uma peça científica. Apalpava, dava pequenos toques com o nó dos dedos, olhava pelas aberturas do corpo. Nenhum toque nas cordas. Parecia um médico fazendo diagnóstico clínico. Depois de um tempo, que pareceu muito longo, virou-se e disse:

– É um instrumento diferente do que tenho visto. É especial.

– Mas o que quer dizer isso?

– Eu posso responder se eu puder levá-lo por uns dias. Três no máximo.

Tudo parecia estranho, mas a intuição mandou aceitar.

– Ok, se você puder pegar na quinta-feira e entregar na segunda, está ótimo.

O americano assentiu.

Aquilo não era hora de tocar um telefone. Mas não parava. Atendeu, então.

– Pode falar?

– Uai, você me acordou a essa hora da madrugada, já estou falando.

– Esse contrabaixo é de uma origem muito boa.

– Sim, mas isso não é novidade.

– Pois é, tem um papel colado no fundo dele, uma espécie de rótulo. Você já tinha visto?

Ele jamais tinha se tocado desse detalhe: um papel colado dentro de seu contrabaixo. O novo amigo seguiu:

– Esse papel foi colado aqui há uns duzentos anos. Está bem escurecido. Isso dá um bom valor para o seu instrumento.

– Sério?

– Sim, mas eu acho que pode ser melhor.

– Como melhor?

– Eu acho que por baixo do papel colado tem uma marca mais antiga. Isso pode fazer o seu instrumento valer uma pequena fortuna. Mas aí é que está o problema: eu consigo remover esse papel de quase duzentos anos. Mas se não houver nada por baixo, seu instrumento perde o valor que o papel lhe dá. Se houver o que eu acho que há, ele vai valer dez vezes mais. Se não houver, talvez caia pela metade, talvez pouco mais.

Como se coloca algo assim a essa hora da noite?

– Você quer que eu decida isso agora?

– Ora, para quê esperar mais?

– Mas você não vai tirar o tampo, vai?

– Não preciso, acho. Mas se precisar, aí não vale a pena, é muito arriscado. Mas deve dar para remover o papel passando duas varetas por um dos efes e iluminando pelo outro efe.

"Efe" é como se chamam aquelas duas fendas simétricas que ficam no tampo do contrabaixo. Imaginou o trabalho de chinês que o amigo teria para descolar um papel centenário com duas varetas enfiadas naquelas ranhuras, com uma luz precária. A possibilidade maior era que ele não conseguisse remover nada, o que deixaria o instrumento com o mesmo status que tinha naquele momento: um bom instrumento de mais de cem anos, quem sabe duzentos. Caso ele conseguisse remover o papel, as hipóteses eram duas: não haver nada e o contrabaixo seguiria sendo um excelente contrabaixo; ou haver uma marca ali que o fizesse dono de uma pequena fortuna. Ele tinha pouco a perder e muito a ganhar.

– Alô! – O amigo interrompeu seu silêncio.

– Pode fazer – respondeu. E voltou a dormir.

O céu começava aquela boa briga entre o vermelho e o preto, com azuis no meio, quando o telefone tocou novamente. Ele acordou assustado, demorou um segundo até se dar conta de que só podia ser o amigo.

– Alô!

– A. S.

– Como?

– Gravado no fundo da caixa: A. S.

– E o que é isso?

– Foi o italiano que fez o seu contrabaixo.

– Sim, veio da Itália.

– Antonio Stradivari. É desse luthier que veio seu instrumento.

Ele quase caiu da cadeira. Antonio Stradivari era o nome da mais importante oficina de instrumentos de corda da Itália, talvez a mais importante do planeta em todos os tempos. A versão latinizada do nome do luthier – o hábito de latinizar nomes e usar o latim como língua culta se estendeu do fim do Império Romano até perto da Revolução Francesa; em alguns segmentos da ciência , até mais – era sinônimo dos melhores violinos, violas, violoncelos e contrabaixos do mundo: Stradivarius.

Amanhecia o dia. Ele tinha ido dormir como talentosa promessa de contrabaixista sinfônico e acordara como dono de um Stradivarius. O que fazer com isso? Levou o dia nesse dilema, não saiu de casa para ir à escola, ficou matutando até o fim da tarde, quando resolveu ir até a casa do amigo que havia feito a revelação. Precisava reencontrar seu instrumento – mas era como ter um membro da família que, de repente, se revela ter sido adotado e é, na verdade, um Rockefeller.

– Venda.

– Como? Assustou-se com a proposta do amigo, afinal, seu baixo era agora o melhor.

– Venda. Você não vai ser um contrabaixista melhor por ter um Stradivarius, mas pode ao menos ser um contrabaixista mais rico.

– Mas...

– Eu ajudo você.

– Não sei, não sei.

Voltou ao Brasil dois meses depois daquela revelação. Terminou o curso em San Francisco. Obteve ali um certificado importante, que o qualificaria para diversas boas orquestras no Brasil e na América do Sul. Mas o Stradivarius havia plantado algo em sua cabeça: a ideia de que destino e vocação eram duas ideias no mínimo tolas. Afinal, se a simples remoção de um pedaço de papel podia mudar o valor de algo que era muito bom – e muito bom permaneceria, mas, objetivamente, não melhor –, o que dizer de seu próprio destino e vocação? Mudar de vida e descobrir uma ou mais novas vocações, destinos, lugares, acasos, talvez pudesse ser, naquela hora, mais importante.

No primeiro almoço em família, a mesa era grande, com irmãos e primos curiosos sobre as histórias da vida em San Francisco. Muitas risadas, perguntas, casos, até que alguém, um primo curioso, perguntou:

– E seu contrabaixo?

– Ficou lá.

– Mas por quê?

– Ele precisava ficar.

– E você?

– Ele me ensinou a voltar.

– E agora?

– Graças a ele, eu voltei outro.

Na semana seguinte, ele alugou um imóvel e montou um estúdio com toda a tecnologia que o momento e o capital daquele contrabaixo ofereciam. Não deixava, de certa forma, de ser um sucessor de Stradivari.

www.laranjaoriginal.com.br

Edição: Gabriel Mayor e Germana Zanettini
Projeto gráfico, capa e ilustração: Luiz Basile - Casa Desenho Design
Produção executiva: Gabriel Mayor
Revisão: Bruna Lima e Germana Zanettini

Dados Internacionais de Catalogação na Publicação (CIP)
(Câmara Brasileira do Livro, SP, Brasil)

19-27891 CDD-B869.3

Serva, Jayme
O preço do peixe / Jayme Serva.
São Paulo : Laranja Original, 2019.
1. Contos brasileiros I. Título.
ISBN 9788592875596

Índices para catálogo sistemático:
1. Contos : Literatura brasileira B869.3
Cibele Maria Dias - Bibliotecária - CRB-8/9427

Este livro foi composto em Apollo pela Casa Desenho Design e impresso em Pólen Bold 90g/m2, na Gráfica Forma Certa, em julho de 2019, para a Editora Laranja Original.